游猎惨剧

ДРАМА НА ОХОТЕ

[俄] 契诃夫◎著
А.П.Чехов
汝 龙◎译

中国大百科全书出版社

图书在版编目（CIP）数据

游猎惨剧 /（俄罗斯）契诃夫著；汝龙译．—北京：中国大百科全书出版社，2019. 4

ISBN 978-7-5202-0470-5

Ⅰ．①游… Ⅱ．①契…②汝… Ⅲ．①长篇小说—俄罗斯—近代 Ⅳ．① I512.44

中国版本图书馆 CIP 数据核字（2019）第 046789 号

出 版 人　刘国辉

策　　划　止　庵

责任编辑　李默耘　程　园

责任印制　李宝丰

出版发行　中国大百科全书出版社

地　　址　北京阜成门北大街 17 号

邮　　编　100037

网　　址　http://www.ecph.com.cn

电　　话　010-88390739

印　　刷　环球东方（北京）印务有限公司

开　　本　880 毫米 × 1230 毫米　1/32

字　　数　159 千字

印　　张　6.875

版　　次　2019 年 4 月第 1 版

印　　次　2019 年 4 月第 1 次印刷

定　　价　45.00 元

真 事

一八八〇年四月间一天中午，看门人安德烈走进我的办公室，鬼鬼祟祟地跟我说，有个先生来到编辑部，坚持要跟编辑见面。

“他大概是个文官，老爷，”安德烈补充说，“帽子上有帽章嘛。……”

“请他改天再来，”我说，“今天我正忙。你就说，编辑只在星期六会客。”

“他前天就来过，要见您。他说他有要紧事。他不住地央告，差点哭了。他说他星期六没有空。……那么您愿意接见吗？”

我叹口气，放下钢笔，只好等候戴帽章的先生来见。初开笔的作者，以及凡是不了解编辑部内情，一听到“编辑部”三个字就诚惶诚恐的人，总要害得人恭候不少时间。他们听到编辑部一声“请”，总要久久地嗽喉咙，擤鼻子，慢慢推开房门，至于走进门来就更慢了，因而花费不少时间。然而这个戴帽章的先生总算没让我久等。安德烈刚刚走出去，还没来得及掩上房门，我就看见办公室里出现一个高个子、宽肩膀的男子，一手拿着纸包，一手拿着有帽章的帽子。

这个急于同我见面的人，在我这个中篇小说里占据很显要的地位。那就不得不描写一下他的外貌了。

我已经说过，他个子高，肩膀宽，体格结实，像是一匹干活的好马。他周身散发着健康有力的气息。他脸色红润，手掌很大，胸脯宽阔，肌肉饱满，头发浓密，不亚于健康的男孩。他年纪将近四十，装束优雅而入时，穿一身刚做好的新花呢衣服。他胸前佩着一条很粗的金表链，上面有许多表坠，小手指上戴着钻石戒指，像明亮的小星星那样发光。但是有一点最要紧，而且对长篇小说或者中篇小说中一切稍稍正派的男主人公都极其重要，那就是他生得英俊非凡。我不是女人，也不是画家。我不大懂得男性美，然而戴帽章的先生的相貌却给我留下了印象。他那张肌肉发达的大脸永远留在我的记忆里了。您在那张脸上会看见真正的希腊式钩鼻子、薄嘴唇和一对优美的天蓝色眼睛，眼睛里闪着善良的光芒和另外那么一种眼神，那是很难找到适当名称的。小动物心中愁闷，或者感到痛苦，人就可以在它眼中见到“那种”眼神。那是一种恳求的、稚气的、默默隐忍着而毫无怨言的眼神。……狡猾的和极其聪明的人都不会有那样的眼神。

他整个脸上老是流露出纯朴、开朗、憨厚的性格和真诚。……如果“脸是灵魂的镜子”不是一句假话，那么我跟戴帽章的先生相会的第一天，就能用我的人格担保他不会撒谎。我甚至敢打赌。

至于我会不会赌输，读者以后自会看到。

他的栗色头发和胡子浓密而柔软，好比丝绸。据说，柔软的须发是温柔缠绵、“丝一般的”灵魂的象征。……罪犯和性格凶恶顽固的人大多数生着刚硬的须发。至于这话究竟真不真，读者以后也会看到。……这个戴帽章的先生，不论是脸上的神色也罢，须发也罢，都不及他魁梧沉重的身体的动作那么轻柔温和。他的动作透露出教养、轻盈、优雅，而且，请原谅我的说法，甚至有点女人气。我这个男主人公用不着费多大气力就能掰弯马蹄铁，或者空手把沙丁鱼罐头盒捏扁，然而他的任何动作都没表现出他有这样的体力。他伸出手去抓住门把手或者拿起帽子，却像捉蝴蝶：又温柔又小心，伸出手指头去略微碰一下就行了。他的脚步不出声，他跟别人握手的时候，他的手是软绵绵的。你瞧着他，就会忘记他是歌利亚[①]那样的大力士，忘记他一只手所能举起的东西即使有五个像我们编辑部里安德烈那样的人也举不起来。瞧着他那轻巧的动作，谁也不会相信他力气大，身体重。连斯宾塞[②]都会说他是优雅的典范呢。

他走进我的办公室，忸怩不安。大概，我皱起眉头的不满神情伤了他那温柔敏感的天性吧。

"请您看在上帝分上，原谅我！"他用柔和悦耳的男中音开口说，"我在规定以外的时间闯进来见您，逼得您为我破了例。您这么忙！不过您要明白，事情是这样的，编辑先生，明天我有很要紧的事得动身到敖德萨去。……要是我有可能把这次旅行推迟到星期六，那么请您相信，我就不会要求您为我破例。我尊重规章制度，因为我喜欢秩序。……"

"他的话可真多呀！"我暗想，于是伸出手去拿钢笔，借此要他领会我没有闲工夫。(那时候来客太多，已经惹得我厌烦极了！)

"我只占用您一点点工夫！"我的男主人公用抱歉的口气继续说，"不过首先，请允许我介绍我自己。……我是法学候补博士伊凡·彼得罗维奇·卡梅谢夫，原先做过法院侦讯官。……我没有厕身写作界的光荣，然而我来见您，却纯粹出于作家才会有的目的。站在您面

① 据《旧约·撒母耳记》载，歌利亚是非利士族巨人。

② 斯宾塞（1820—1903），英国哲学家和社会学家。

前的这个人，虽然已经年近四十，却有心开笔学习写作。迟干总比不干强。”

“很好。……我能为您效劳什么吗？”

那个有心学习写作的人坐下，用恳求的眼睛瞧着地板，继续说：

“我给您带来一个短小的中篇小说，打算在您的报纸上发表。我要坦率地对您说，编辑先生，我写这个中篇小说倒不是贪图作家的荣誉，也不是为了舞文弄墨。……对这些来说，我这年纪已经嫌老了。……我走上写作道路纯粹是出于经济上的打算。……我想挣几个钱。……我目前一点工作也没有。从前，您要知道，我在某县做过法院侦讯官，工作五年多，可是既没发财，也没保住廉洁。……”

卡梅谢夫用善良的眼睛瞟了我一眼，轻声笑起来。

“那是一种令人厌烦的工作。……你干啊干的，感到厌烦了，就丢开拉倒。目前我什么工作也没有，几乎没有饭吃。……如果您不嫌我的中篇小说没有价值，把它发表出来，那您就是对我做了件恩德不小的事。……您算是帮了我的忙。……报馆不是养老院，不是乞丐收容所。……这我知道，可是……请您发发善心吧。……”

“撒谎！”我暗想。

他那些表坠和小手指上的戒指，跟他为糊口而写作的说法对不上号。再者，卡梅谢夫的脸上掠过一道阴云，淡得几乎看不出来，但却逃不过富于经验的眼睛，那是只有在难得说谎的人的脸上才能见到的。

“您的中篇小说是什么题材呢？”我问。

“题材。……该怎么跟您说好呢？题材不是新的。……爱情啦，谋害人命啦。……不过您读了就会明白。……《摘自法院侦讯官的笔记》。……”

大概我皱起了眉头，因为卡梅谢夫开始发窘，眨巴眼睛，打个哆嗦，很快地说：

“我的中篇小说是用一个退职的法院侦讯官的陈旧手法写出来的，不过……您会在其中找到实事和真情。……凡是其中所描写的事情，从头到尾都是我亲眼看见的。……我不但是目击者，甚至是其中一个人物呢。”

“问题不在于真事。……所描写的东西不必非亲眼见过不可。……这并不重要。问题在于我们可怜的读者早已看厌加博里奥[1]和希克里亚烈夫斯基[2]了。那些神秘的谋杀案啦，暗探的神机妙算啦，审案侦讯官的足智多谋啦，他们都看腻了。读者，当然，有各式各样，不过我讲的是我的报纸的读者。您的中篇小说叫什么名字？”

“《游猎惨剧》。”

“嗯。……这个名字不严肃，您知道。……再者，老实说，我这儿堆积的稿子已经那么多，新的东西即使有无可怀疑的价值，也不可能接受了。……”

“不过，劳驾，我的稿子您还是收下吧。……您说它不严肃，可是……没有看过是很难下断语的。……再者，莫非您不肯承认法院侦讯官也能写得严肃吗？”

这些话卡梅谢夫是结结巴巴说出口的，同时他把一支铅笔夹在手指头当中转来转去，眼睛瞧着脚底下。他讲完话，越发心慌意乱，开始眨巴眼睛。我可怜他了。

---

① 加博里奥（1835—1873），法国作家，现代侦探小说创始人之一。

② 希克里亚烈夫斯基（1837—1883），俄国流行的犯罪小说作家。——俄文本编者注

“好，您就把它放在这儿吧，”我说，“只是我不能应许我会很快看完您的中篇小说，您得等着。……”

“要等很久吗？”

“我不知道。……过这么两三个月再来吧。……”

“未免太久了。……可是我也不敢坚持。……就按您的意思办吧。……”

卡梅谢夫站起来，拿起帽子。

“多谢您接见我，”他说，“现在我回家去了，心里存着希望。要巴望三个月啊！不过我已经惹得您厌烦了。我荣幸地向您告辞！”

“对不起，我只想再问一句话，”我翻看他那本厚厚的、写满密密麻麻小字的笔记本说，“您在这儿是用第一人称写的。……那么您在这儿所写的侦讯官指的就是您自己吧？”

“是的，不过我换了一个姓。我在这个中篇小说里的地位有点不体面。……用我的真姓有所不便。……那么过三个月再来吗？”

“对，就这样吧，不能再提早了。……”

“再见！”

退职的侦讯官把作品放在我桌子上，彬彬有礼地一鞠躬，小心地抓住门把手，走出去。我拿起笔记本，把它收在桌子抽屉里。

英俊的卡梅谢夫的中篇小说在我桌子抽屉里放了两个月。有一回我离开编辑部到乡间别墅去，想起那篇小说，就随身带去了。

我坐在火车上，翻开笔记本，从半中腰读起。中间这部分我觉得很有趣。尽管我没有空闲，当天傍晚我仍然把中篇小说从头读起，一直读到用花体写成的“完”字。夜间我把中篇小说又读一遍，临到拂晓，我就在阳台上从这一边走到那一边，用手揉着鬓角，仿佛想把我脑子里一种新的、突然闯进来的、痛苦的思想擦掉似的。……

那种思想确实令人痛苦，而且把人刺激得受不了。……我觉得我虽然不是侦讯官，尤其不是精通心理学的陪审员，可是我似乎发现了一个人可怕的秘密，跟我毫不相干的秘密。……我在阳台上走来走去，极力说服自己不去相信自己的发现。……

卡梅谢夫的中篇小说没有在我的报纸上发表，那原因我要在本文结尾同读者谈话中加以说明，我跟读者还要再一次相见。然而目前，我却要同读者分别很久，请读者读一下卡梅谢夫的中篇小说吧。①

这个中篇小说并不特别出色。其中有许多地方太冗长，还有不少别扭的段落。……作者对耸人听闻的效果和强烈的句子有所偏爱。……看得出来他是生平第一次写东西，他的手还不习惯，没经过训练。……话虽如此，他的中篇小说读起来倒还不费力。它有情节，也有含意，最重要的是它别具一格，颇有特色，而且有一种通常称之为sui generis②的东西。这篇作品甚至也有些文学价值。总还值得读一遍。……下面就是那篇中篇小说。

---

① 契诃夫的这个作品最初发表在《每日新闻》报上，自一八八四年八月起，连载九个月才登完。

② 拉丁语：独出心裁。

游 猎 惨 剧

摘自法院侦讯官的笔记

第一章

“丈夫把老婆杀死了！哎呀，您多蠢啊！您倒是给我糖呀！”

喊叫声把我惊醒了。我伸个懒腰，感到四肢沉重，身体不舒服。……睡得胳膊和腿发麻是常有的事，可是这一次我却觉得好像周身上下，从头部一直到脚后跟，全都发麻了。空气闷热干燥，苍蝇和蚊子嗡嗡叫，在这种情况下睡午觉，非但不能提神，反而会使人感到周身疲软。我站起来，浑身无力，汗水淋漓，走到窗跟前。那是黄昏五点多钟，太阳仍然高挂天空，晒得热辣辣的，就跟三个钟头以前一样。还要过很长时间才会日落，天气才会凉下来呢。

“丈夫把老婆杀死了！”

“你别胡说，伊凡·杰米扬内奇！”我说，轻轻地弹了一下伊凡·杰米扬内奇的鼻子。“丈夫杀死老婆的事只有长篇小说里才会有，而且总是发生在热带，因为那儿沸腾着非洲人的激情，老兄。至于我们这儿，有了撬锁盗窃或者用别人的身份证假报户口之类的可怕案件，也就凑合了。”

“撬锁盗窃，……”伊凡·杰米扬内奇瓮着钩鼻子含混地说，……“哎呀，您多蠢啊！”

“可这有什么办法呢，好朋友？我们这些凡夫俗子，脑筋都有限度，这能怪我们吗？不过，伊凡·杰米扬内奇，在这样的气温下，就是做个蠢人也不算罪过。你本来是个聪明家伙，不过天气既然这样热，恐怕你的脑子也发昏，糊涂了吧。”

我的鹦鹉不叫“鹦哥儿”，也不叫别的鸟名，而叫伊凡·杰米扬内奇，它得到这个名字完全出于偶然。有一回，我的仆人波里卡尔普正收拾它的笼子，忽然发现一件事，要不是这个发现，我那只高贵的鸟至今还叫鹦哥儿呢。……原来那个懒汉忽然不知怎么，想起我那只鹦鹉的嘴很像我们村里小铺老板伊凡·杰米扬内奇的鼻子，从此以后，长鼻子老板的本名和父名就永远跟鹦鹉合在一起了。由波里卡尔普带头，全村的人也纷纷把我那只稀罕的鸟叫成伊凡·杰米扬内奇。由波里卡尔普一点化，鸟就变成人，小铺老板反倒失掉真姓名，直到他死，在村民们嘴里都叫“法院侦讯官的鹦鹉”了。

这个伊凡·杰米扬内奇，我是在前任侦讯官波斯彼洛夫的母亲手里买来的，波斯彼洛夫在我任职前不久就去世了。我不但买下鹦鹉，还连带买下他那些旧式橡木家具、破烂的厨房用具和亡人留下的全部物品。至今我的墙上还装点着他亲戚的照片，我床头的墙上还挂着主人自己的照片。亡人是个青筋暴起的瘦子，留着棕红色唇髭，下嘴唇很厚，他嵌在褪色的胡桃木镜框里，每逢我躺在床上，他总是瞪起眼睛，目不转睛地瞧着我。……墙上的照片我一张也没取下来。总而言之，我听任住宅保持当初我接受下来的原样。我太懒，没心顾到我个人的舒适。慢说是死人，即使是活人，只要乐意的话，也不妨挂在我的墙上[1]。

伊凡·杰米扬内奇跟我一样也觉得热。它把羽毛啄松，张开翅膀，大声喊出由我的前任波斯彼洛夫和波里卡尔普教会它的那些话。我午后闲着没事，就在鸟笼前坐下，开始观察鹦鹉的动作。鹦鹉给炎热的天气和它羽毛里的虫子弄得苦恼不堪，极力想找出路而又找不到。……可怜的鸟显得很悲伤。……

"他老人家什么时候才睡醒？"不知谁的男低音从前堂传到我这儿来。……

"那要看情形！"波里卡尔普的嗓音回答说，……"有时候五点钟就醒了，有时候一直睡到第二天早晨才醒。……你知道，他反正闲着没事干。……"

"您是他老人家的跟班吧？"

"我是佣人。行了，你别打搅我，闭上你的嘴。……你没看见我在看书吗？"

我往前堂看一眼。那边我的波里卡尔普躺在一口大红箱子上，跟平时一样在看书。他用带着睡意、可是从不眨一下的眼睛盯住书，努动嘴唇，皱起眉头。看来，有外人在场，惹得他生气。那个人是农民。高身材，大胡子，站在箱子跟前，极力要跟波里卡尔普谈话，却白费劲。我一走进前堂，农民就从箱子那儿跨出一步，像士兵一般挺起身子，垂手直立。波里卡尔普露出不满的脸色，眼睛没离开书，微微欠起身来。

---

① 我请求读者原谅这一类词句。这类句子在这个不幸的卡梅谢夫的中篇小说里是很多的。我之所以没有把它们删掉，只是因为我认为必须in toto②发表他的中篇小说，以利于表现作者的性格特征。——契诃夫注

② 拉丁语：全文。

“你有什么事？”我对农民说。

“我从伯爵那儿来，老爷。伯爵要我问候您，请您马上到他那儿去。……”

“莫非伯爵回来了？”我惊讶地说。

“是，老爷。……他老人家昨天晚上才到此地。……这是他老人家写给您的信。……”

“魔鬼又把他支使来了！”我的波里卡尔普说，“这两年夏天幸亏他不在，大家才算过几天安稳日子，如今他又要把县里搞得乌烟瘴气了。大家又免不掉出丑了。”

“闭嘴！谁也没有问你！”

“我也用不着别人问。……我自己就会说。您又要在他家喝得烂醉才回家，半路上不管身上穿着衣服，就跳下湖去洗澡了。……过后我得替您洗衣服！三天也洗不干净！”

“眼下伯爵在干什么？”我问农民说。……

“他老人家打发我到您这儿来的时候，正坐下吃饭。……饭前他老人家去浴场钓过鱼。……您有什么话要我回复吗？”

我拆开信封，读到这样一封信：

> 我亲爱的列科克[1]！如果你还活着、健康，还没忘记你这个常醉的朋友，那你就一分钟也不要耽搁，穿上衣服，赶快坐车到我这儿来。我昨天夜里才到此地，可是已经烦闷得要死了。我眼巴巴地等着你来，急得不得了。我本来想自己坐车去找你，

① 法国作家加博里奥的长篇小说《侦缉队员列科克》中的男主人公，一个非常敏锐、机智的人物。——俄文本编者注

把你带到我的巢穴里来，然而天热，我的四肢懒得动弹。我一直呆坐不动，不住地扇扇子。哦，你近况如何？你那个极其聪明的伊凡·杰米扬内奇怎么样？你仍旧常同你的书呆子波里卡尔普吵嘴吗？你快点来谈一谈吧。

你的阿·卡

我不必瞧信的下款，只要一看粗大而难看的笔迹，就能认出我的朋友阿历克塞·卡尔涅耶夫伯爵那醉汉的歪歪扭扭的手笔。信写得短，装出有点俏皮而活泼的口气，这都证明我这个智力不足的朋友写好这封信以前，撕毁过许多张信纸。

信里没有复杂的句子，极力避免使用语法上容易出错的字。伯爵一口气写完信的时候，这两方面总是很少能做到的。

“您有什么话要我回复吗？”农民又问道。

我没有立刻回答这句问话，再者凡是道德纯洁的人处在我的地位都会迟疑不决。伯爵喜欢我，极其真诚地要跟我交朋友，可是我对他却没有什么近似友谊的感情，甚至并不喜欢他。因此，干干脆脆，一下子拒绝他的友谊，倒比到他那儿去假敷衍一阵更老实些。再者，到伯爵家里去，就无异于再一次钻进我的波里卡尔普称之为“猪圈”的那种生活里去，而两年前的那段生活，直到伯爵动身去彼得堡为止，损害过我健康的身体，弄得我昏头昏脑。那种放荡的、不正常的生活充满声色的刺激和酒后的疯狂，虽然没使得我的身体垮下来，然而却弄得我在全省出了名。……我变成一个风头十足的人物了。……

我的理智对我说出这许多赤裸裸的真理，不久以前的往事使我羞愧得满脸通红。我一想到我没有足够的勇气拒绝到伯爵的家里去，我的心就吓得发紧，然而我没犹豫很久。这场斗争前后至多不过一分钟。

“你替我问候伯爵，”我对来人说，“谢谢他惦记我。……你就说我很忙……。你就说我……”

我的舌头正准备好吐出坚决的“不”字，突然有一种沉重的感觉压住我的心。……一个年轻人，充满生命、力量和愿望，却听从命运的支配，流落在穷乡僻壤，满腔苦恼和寂寞。……

我不由得想起伯爵的花园以及他凉爽的温室里那些奇花异草，想起狭长荒芜的林荫道上的幽暗。……那些林荫道是我常去的地方，上边交织着老椴树的绿色树枝，搭成拱顶，遮蔽了阳光。……我熟悉林荫道，熟悉那些追求我的爱情而寻求幽暗去处的女人。……我不由得想起他豪华的客厅以及客厅里那些丝绒长沙发、沉重的窗帘、像绒毛那么软的地毯所冒出的舒适的懒散气息，年轻健康的动物都是极喜爱那种懒散的。……我还想起我酒后放纵不羁的狂气、我目空一切的骄傲、我对生活的轻蔑。于是我那睡得劳乏的魁梧身材又想活动一下了。……

“你就说我会去！”

农民鞠个躬，走出去了。

“我要早知道会这样，就不会把他放进来，魔鬼！”波里卡尔普抱怨说，很快而且毫无目的地翻着书页。

“你把书放下，去给左尔卡[①]装上鞍子！”我厉声说道，“快！”

“快。……当然，非快不可哟。……我马上就跑着去。……骑着马去办正事倒也罢了，可这是去掰断魔鬼的犄角[②]！”

① 马的名字。

② 意谓“去胡闹”。

这话是压低喉咙说出口的，然而又恰好能让我听见。听差低声说出放肆的话以后，就在我面前挺直身子站定，鄙夷地冷笑，静等我发一通脾气回报他，可是我装作没听见他的话。每逢我同波里卡尔普发生冲突，我的沉默就是最好和最犀利的武器。对他的刻薄话充耳不闻，露出轻蔑态度，这就缴了他的械，使他彻底失败。沉默作为惩罚，比打后脑壳或者说一串骂人话有力得多。……等到波里卡尔普走到院子里去给左尔卡装鞍子，我就看一眼我害得他没法读下去的那本书。……那是大仲马[①]的可怕的长篇小说《基督山伯爵》。……我的这个受过文明洗礼的蠢货什么都读，从小酒馆的招牌起，直到奥古斯特·孔德[②]的著作，一概都读，而孔德的书原是放在我箱子里，跟其余我没读过而丢在一边的书摆在一起的。然而在一大堆印刷的和手抄的书本当中，他只称赞那些情节可怕而耸人听闻的长篇小说，其中必得有名门望族的“老爷”，有毒药，有地道。至于其余的书，他一概斥之为“无聊”。关于他读书的事，我将来还会提到，目前我却要骑马出外了！过了一刻钟，我那左尔卡的蹄子已经在我们村子到伯爵庄园的道路上扬起滚滚烟尘。太阳正一步步走近它过夜的宿处，然而天气的闷热丝毫也没减退。……尽管我走的路是沿着一个大湖的湖岸，可是火热的空气还是停滞而干燥。……右边，我瞧见一大片水；左边，橡树林里春天的嫩叶爱抚着我的目光，然而我的脸上却扑来撒哈拉[③]的热空气。

“来一场暴风雨吧！”我暗想，巴望下一场畅快凉爽的大雨。……

湖在平静地熟睡。我的左尔卡沿着它飞奔，它却没发出一点声

---

① 大仲马（1802—1870），法国作家，著有许多长篇历史冒险小说。

② 奥古斯特·孔德（1798—1857），法国哲学家和社会学家。——俄文本编者注

③ 非洲西北部的大沙漠。

音来迎接，只有一只幼小的鹂鸟不住地啼叫，打破了这停滞不动的庞然大物如坟墓般的寂静。太阳照着它犹如照着一面大镜子，在整个广阔的湖面上，从我这条路起一直到遥远的对岸，洒下了耀眼的光芒。依我昏花的眼睛看来，自然界的亮光似乎不是从太阳来的，却是从湖里来的。

溽暑甚至把湖里和碧绿的湖岸上极为丰富的生物都送进睡乡了。……鸟雀藏起来，鱼儿不再弄得水花四溅，旷野上的蟋蟀和螽斯安静地等着天气凉下来。四下里一片荒凉。只有我的左尔卡偶尔把我带进岸边密集成团的蚊子群里去。远处湖面上有三条黑色小船微微飘动，那是我们的渔民米海老人的船，他把整个湖面都承包下来了。

我走的不是直路，而是绕着圆湖走的。要走直路就只能坐船，走旱路却得兜大圈子，多走八俄里[①]左右。一路上我瞧着湖，眺望对岸的黏土湖岸，岸上有一条白色长带，是开了花的樱桃园，樱桃园后面矗立着伯爵家的谷仓，上面点缀着五颜六色的鸽子，另外还有伯爵教堂的白色小钟楼。黏土的湖岸边有个浴场，上面蒙着帆布，栏杆上晾着布单。所有这些我都看得见，在我眼里我跟我的朋友和伯爵相隔似乎不过一俄里而已，其实要走到伯爵庄园上，我的马还得奔驰十六俄里呢。

在路上，我想到我跟伯爵的奇怪关系。我很想弄清楚这种关系，调整它，然而，唉！这在我却是力所不及的难题。不管我怎么思考，怎么解答，我终于不得不做出结论：我对我自己理解得很差，而且总的说来，对别人也是理解得很差的。那些认识我和伯爵的人，

① 1俄里等于1.06公里。

对我们的相互关系做出各式各样的解释。有些人见识短浅，目光看不到自己的鼻尖以外，总喜欢振振有词地说，门第显赫的伯爵认为“贫贱寒微”的侦讯官是个可人意的食客和酒友。按他们的想法，我，本文的作者，巴结伯爵，奴颜婢膝，无非是要吃他饭桌上的残羹冷食！那个财主在全县赫赫有名，既使人害怕又使人羡慕，依他们看来，他必是极其聪明，而且有自由主义思想，要不然就难于理解伯爵何以会折节下交，跟家无恒产的侦讯官交朋友，何以会表现地道的自由主义作风，尽管我用“你”称呼伯爵，他却不以为意。有些比较聪明的人把我们的亲密关系解释为我们“精神方面的兴趣”一致。我和伯爵是同年龄的人，我俩在同一个大学里毕业，我俩都是法学系学生，都学得很差。我还多少懂得一点，伯爵却已经把他以前学过的东西统统忘却，泡在酒里喝掉了。我俩都性格高傲，由于只有我们才知道的原因，像野蛮人似的同社交界隔绝；我俩都不在乎社会舆论（也就是本县的舆论）；我俩都不道德，都会落得坏下场。这就是把我们联系在一起的“精神方面的兴趣”。那些认识我们的人谈起我们的关系，除此以外再也没有别的话可说了。

当然，如果他们知道我的朋友性格多么软弱、温顺、随和，而我又多么桀骜不驯，他们说的就会不止于这些。倘若他们知道那个虚弱的人多么喜欢我，我却多么不喜欢他，他们就会有很多的话要说了！是他首先要跟我交朋友，是我首先对他称呼“你”的，可是两个人的口气多么不同啊！他在优美的感情涌上心头的时候拥抱我，胆怯地要求我的友谊，我呢，有一次却带着满腔的轻蔑和嫌恶对他说：

“你少说废话！”

他却把这个“你”看作友谊的表示，渐渐听惯，用真诚而友好的“你”来称呼我了。……

是啊，要是我当时叫我的左尔卡转过马头，回到波里卡尔普和伊凡·杰米扬内奇那边去，那倒好些，也正派些。

后来我不止一次地想过：假如这天傍晚我有足够的决心拨转马头往回走，假如我的左尔卡发了狂，驮着我远离可怕的大湖，我的两肩就会避免负担多少灾难，我就会给我熟识的人们带来多少好处啊！现在也就不会有那么多痛苦的回忆使我的头脑感到十分沉重，逼得我的手不时放下钢笔，抱住头了！不过我不想先提以后的事，特别是因为往后还有许多次要写到伤心事。现在谈一谈快活的事吧。……

我的左尔卡把我送进伯爵庄园的大门口。在大门口，它绊了一下，我脚下没踏着马镫，差点从马上摔下来。

“这可是不吉利的兆头，老爷！”一个农民对我喊道，他站在伯爵的一排长马房门口。

我相信人从马上摔下来可能摔断脖子，然而我不相信预兆。我把缰绳交给农民，用马鞭打掉我长靴上的灰尘，跑进正房。没有一个人迎接我，房间的门窗都敞开着，可是尽管这样，空气里却有难闻的怪味儿。那是长期没有人住的旧房的气味，其中掺混着最近从温室搬进房间来的温室花草那种好闻而又刺鼻的醉人气味。……大厅里，蒙着淡蓝色绸套子的长沙发上，放着两个揉皱的枕头。长沙发前面有张圆桌，我看见上面放着一个玻璃杯，里面有一点液体，散发出浓烈的里加香水的气味。所有这些都说明现在房子里有人住着，可是我走遍十一个房间，却连一个人影也没碰见。房子里一片荒凉，就跟大湖四周一样。……

在所谓“彩石精镶”的客厅里，有一扇大玻璃门通到花园里。

我“砰”的一声推开那扇门，穿过大理石露台，走下台阶，往花园里走去。在那里，我顺着林荫道走出几步，遇见九十岁的老太婆娜斯达霞，她以前做过伯爵的奶妈。这个身材矮小、满脸皱纹、头发脱落、目光尖刻的老婆子已经被死神忘掉。你看着她的脸，就会不由自主地想起仆人们给她起的诨名：“猫头鹰”。……她见到我，就打个哆嗦，差点把她双手捧着的一大杯鲜奶油掉在地下。

“你好，猫头鹰！”我对她说。

她斜起眼睛瞧我，沉默地走过去。……我攀住她的肩膀。……

“别害怕，傻婆子。……伯爵在什么地方？”

老太婆指指自己的耳朵。

“你聋了？你聋多久了？”

老太婆尽管年事已高，听觉和视力却挺好，然而现在她认为有必要把她的听觉器官糟蹋一下。……我对她摇摇手指头，放她过去了。

我又走出几步，听见说话声，不久就看见人了。前边的林荫道渐宽，变成小广场，四周放着些铁腿的长椅，高高的白色洋槐树的树荫下放着一张桌子，上面摆着亮晃晃的茶炊，桌子四周有人说话。我悄悄穿过草地往小广场走去，藏在丁香花丛后面，用眼睛寻找伯爵。

我的朋友卡尔涅耶夫伯爵在桌旁一张折叠式框架椅上坐着喝茶。他身上穿着我两年前见他穿过的那件花花绿绿的家常长袍，头上戴着草帽。他脸上露出心事重重、聚精会神的样子，皱纹满面，因此不熟悉他的人就可能以为，当时正有一种重大的思想或者一件操心的事在折磨他。……我们阔别两年，伯爵在外貌上丝毫也没改变。他身子仍旧矮小、消瘦、单薄，样子萎靡不振，好比一只长脚秧鸡。

他肩膀仍旧狭窄，像害着痨病似的，头也还是那么小，生着棕红色头发。小鼻子跟先前一样微微发红，脸颊跟两年前一样像破布似的耷拉下来，脸上没有一点英勇、坚强、雄赳赳的气概。……整个样子软弱、冷淡、懒散，只有垂下来的大唇髭还显得威严。以前有人对我的朋友讲过，长的唇髭才同他的相貌相配。……他相信了，现在每天早晨都要量一量他苍白的嘴唇上的胡须长了多少。他留着那样的唇髭，倒颇像胡子很长，然而年纪很轻、身子很弱的小猫。

在桌旁跟伯爵坐在一起的是个我不认得的胖子，大脑袋，头发剪短，眉毛很黑，那张脸又肥又亮，像熟透的甜瓜。他的唇髭比伯爵还长，额头却小，嘴唇抿紧，眼睛懒洋洋地瞧着天空。……他的脸胖得很，然而又硬得像晒干的皮革，脸型不像俄罗斯人。……胖子没穿上衣，也没穿坎肩，只穿着衬衫，有些地方因浸透汗水而发黑。他喝的不是茶，而是矿泉水。

离桌子相当远，站着一个矮小壮实的人，有着又红又肥的后脑壳和招风耳，他是伯爵的管家乌尔别宁。由于伯爵大人驾到，他穿上一套新做的黑衣服，这时候却感到苦透了。他晒黑的红脸上淌下一道道汗水。有个农民同管家站在一起，就是给我送信去的那个人。直到这时候，我才发现那个农民缺一只眼睛。他站得笔直，不容许自己有一点点动作，活像一尊塑像，等着伯爵问话。

“论理，库兹玛，应该用你手里的那根鞭子把你打个稀巴烂才是，”管家用庄严而又平稳的男低音从容不迫地说，“怎么可以这么马马虎虎地执行主人的命令呢？你得请求他马上就来，而且问明白他什么时候才能到这儿。”

“是啊，是啊，是啊，……”伯爵烦躁地说，“你应该样样都问明白！他说：‘我会去！’可是要知道，这不够！我要他现在就来！

一定得现在就来！你请他来，可是他没弄明白你的意思！”

“你为什么那样急于要他来？”胖子问伯爵说。

“我要见一见他！”

“就为这个？依我看，阿历克塞，要是你那个侦讯官今天坐在家里不来，他倒做对了。我现在不想跟客人周旋。”

我瞪大眼睛。这个带着主人派头的、颐指气使的“我”是什么意思？

“可是要知道，他不是客人！”我的朋友用恳求的声调说，“他不会妨碍你旅途之后休息的，你不必跟他拘礼，劳驾！……你会看出他是个什么样的人！你马上就会喜欢他，跟他交上朋友，亲爱的！”

我从紫丁香花丛后面走出来，往桌子那儿走去，伯爵看见我，认出来了，他那放光的脸上现出笑容。

“他来了！他来了！”他开口说，高兴得脸色发红，从桌旁跳起来。“你真是太好了！”

他跑到我跟前，跳起来，搂住我，他的硬唇髭好几次搔我的脸。他吻完我，就久久地握住我的手，瞅着我的眼睛。……

“你，谢尔盖，一点也没变！还是老样子！仍旧是美男子和大力士！多谢你看得起我，来了！”

我挣脱伯爵的怀抱，向我熟识的管家点头致意，在桌旁坐下。

“啊，好朋友！”伯爵心神不定，兴高采烈，接着说，“但愿你知道我见到你严肃的相貌有多么高兴！你不认识吧？让我来给你介绍一下：这位是我的好朋友卡艾坦·卡齐米罗维奇·普谢霍茨基！这一位呢，”他对胖子指着我说，“是我多年的好朋友谢尔盖·彼得罗维奇·齐诺维耶夫！本地的侦讯官。……”

黑眉毛的胖子微微欠起身子，伸出一只满是汗水的胖手，同我握手。

“很愉快，……”他瞅着我，喃喃地说，……“很高兴。”

伯爵发泄过感情，平静下来，给我倒了一大杯红棕色的凉茶，把一盒饼干推到我手边来。

“你吃吧。……这是我路过莫斯科在艾奈姆商店买的。不过我生你的气了，谢尔盖，生很大的气，甚至打算骂你一顿呢！……不但这两年当中你没给我写过一个字，就连我写给你的信，你也不肯赏个脸回复一下！这可不够朋友啊！”

“我不善于写信，”我说，“何况我又没有时间写。而且请你说说看，我有什么可给你写的呢？”

“可写的事多着呢！”

“真的，没什么可写的。我只承认三种信：情书、贺信、公函。头一种信我不会给你写，因为你不是女人，我也不爱你；第二种信你不需要；第三种信跟我们不相干，因为我和你从来也没有什么公事上的关系。”

“就算是这样吧，”伯爵同意道，他总是很快而且很乐意地同意一切，“不过仍然可以随便写一点啊。……其次，……据彼得·叶果雷奇刚才说，这两年你一次也没来过这儿，倒好像你住在一千俄里开外，或者……嫌弃我这个家业似的。你本来可以到这儿住一住，打一打猎嘛。况且我不在此地，这儿出的事不会少！”

伯爵谈得很多，而且很久。他一旦开口讲起什么事，就唠唠叨叨，舌头停不下来，不管事情多么琐碎无聊，总是无休无止地讲下去。

他跟我的伊凡·杰米扬内奇一样，在饶舌方面不会疲倦。我简直受不了他这种本领。这一回，他的听差伊里亚打断了他的话。这个人又高又瘦，穿着污迹斑斑的旧号衣。他用银托盘给伯爵端来一小杯白酒和半杯清水。伯爵喝下白酒，又喝水，然后皱起眉峰，摇摇头。

“你还没丢掉这种随时喝酒的习惯！”我说。

“没丢掉，谢辽查[①]！”

“哦，那你至少也该丢掉皱眉和摇头的醉相！真讨厌。”

“我，好朋友，什么都要丢掉。……大夫已经不准我喝酒，我现在喝酒也只是因为一下子戒酒于身体有害罢了。……这得一步一步地来。……”

我瞧着伯爵病态的、憔悴的脸，瞧着酒杯，瞧着穿黄皮鞋的听差；我瞧着黑眉毛的波兰人，不知什么缘故，我一开头就觉得他是个流氓和骗子；我还瞧了瞧挺直身子的独眼农民。我左看右看，感到害怕而气闷。……我忽然想离开这种肮脏的空气，不过事先我要干脆对伯爵说穿我对他的无限冷淡。……一时间，我真想站起来走掉。……可是我没走。……妨碍我起身的（说来惭愧！）纯粹是生理上的懒惰。……

“也给我一点白酒吧！”我对伊里亚说。

长方形的阴影开始铺到林荫路上和我们的小广场上。……

远处的蛙鸣、乌鸦的聒噪、金莺的歌唱，在欢呼日落。春天的傍晚来了。……

“你叫乌尔别宁坐下吧，”我小声对伯爵说，“他像小孩子似的站在你面前。”

---

① 谢尔盖的爱称。

“啊，我自己却没想到！彼得·叶果雷奇，”伯爵对管家说，“请坐！您别老是站着！”

乌尔别宁坐下来，用感激的目光看我。他素来健康快活，这一次在我心目中却显得有病、烦闷。他的脸仿佛揉皱，带着睡意，眼睛懒洋洋而又不情愿地瞧着我们。……

“我们这儿有什么新闻吗，彼得·叶果雷奇？有什么好消息吗？”卡尔涅耶夫问他，“有什么……特别的事吗？”

“一切都是老样子，大人。……”

“有什么……新来的姑娘吗，彼得·叶果雷奇？”

注重道德的彼得·叶果雷奇脸红了。

“我不知道，大人。……我不注意这些事。”

“有，老爷，”一直沉默着的独眼农民库兹玛用男低音说，“而且还是些很不错的姑娘呢。”

“长得好看？”

“什么样的都有，老爷，各种各样口味的都有。……有黑头发的，有黄头发的，什么样的都有。……”

“瞧你说的！……慢着，慢着。……我现在想起你来了。……你就是我过去的洛波烈洛[①]，秘书之类的人物。……你好像叫库兹玛吧？”

“是，老爷。……”

“我想起来了，想起来了。……那么现在你指的都是些什么姑娘呢？恐怕是些乡下女人吧？”

---

① 应是“列波烈洛”，即西班牙传说中风流才子唐·璜的忠诚的仆人和亲信。——俄文本编者注

“大多数，当然，都是乡下女人，不过也有上流女人。……”

“你是在哪儿找着上流女人的？”伊里亚问，眯细眼睛看着库兹玛。

“复活节，邮递员的小姨子到邮递员家里来了。……她叫娜斯达霞·伊凡诺芙娜。……那个姑娘欢蹦乱跳的。我自己都想把她弄上手，可那得花钱。……她脸蛋红彤彤的，浑身上下处处都好。……还有比她更上流的。她就在等您，老爷。年纪轻轻，胖乎乎的，伶俐透了，……是个美人儿！像那样的美人，老爷，您就是在彼得堡也见不到。……”

“她是什么人？”

“奥莲卡，守林人斯克沃尔佐夫的小女儿。”

乌尔别宁身子底下的那把椅子吱吱嘎嘎地响了起来。管家满脸涨得通红，两只手扶着桌子，慢慢地站起来，扭过脸去瞧独眼农民。他原先疲乏烦闷的神情，换成勃然大怒的神情了。……

“住嘴，大老粗！”他咆哮说，“你这独眼的败类！……你爱说什么都随你，可是不准你拉扯正派人！”

“我又没惹您，彼得·叶果雷奇。”库兹玛毫不慌张地说。

“我说的不是我自己，蠢材！不过……请您原谅我，大人，”管家对伯爵说，“请您原谅我发脾气。我想要求大人喝住这个您老人家称之为洛波烈洛的人，不许他热心得过火，扯到理应受到尊敬的人！”

“我倒无所谓，……”天真的伯爵含糊其辞地说，“他并没说什么特别不中听的话呀。”

乌尔别宁却气愤和激动到极点，离开桌子，站到远处去，侧着身子对着我们。他把两只手交叉在胸前，眨巴眼睛，把通红的脸藏在树枝后面，沉思不语。

莫非这个人已经预感到，在不久的将来，他的道德感会遭到比这还要重一千倍的侮辱？

“我不懂他为什么生气！”伯爵对我小声说，“真是个怪人！人家并没说什么伤人的话嘛。”

经过两年戒酒生活以后，一杯白酒喝下肚，我就微微地醉了。我的脑子里，周身上下，都洋溢着轻松愉快的感觉。此外，我也开始感到薄暮的凉意，凉爽的空气逐步消除了白昼的燥热。……我提议走动一下。仆人们就从正房里给伯爵和他新的波兰籍朋友送来上衣，我们往前走去。乌尔别宁也跟在我们后面走着。

我们在伯爵的园子里散步。园子里郁郁葱葱，茂盛得惊人，因而值得专门描写一下。在植物学和经济学方面，而且在许多其他方面，它比我以前见过的一切花园都丰富、壮观。除了上述那些饶有诗意的林荫道以及它们的绿色拱顶以外，您会发现，凡是苛求的观赏家所能要求于园子的种种东西，这儿一概齐备。在这里，本国和外国的果树，从樱桃和李子，到鹅蛋那么大的杏子，形形色色，应有尽有。您每走一步都可以看见桑树、伏牛果树、法国贝加摩橘树，甚至齐墩果[①]树。……这儿还有人造的山洞，然而已经有点倒塌，生满青苔；这里有喷泉，还有池塘，专为蓄养金鱼和供观赏的鲤鱼用；还有山冈，凉亭，珍贵的温室。……这种由祖祖辈辈积累下来的罕见宝藏、这种由饱满的大玫瑰花、饶有诗意的山洞和没有尽头的林荫路合成的财富，却被野蛮地弃置不顾，听任野草丛生，盗贼砍伐，寒鸦在珍奇的树木上毫不客气地搭起难看的窠！这份产业的合法占

① 俗称橄榄，但中国橄榄属另一科。

有者正在我身边走着，然而目睹这种荒芜和不近人情的杂乱无章，他那张瘦削而饱足的脸上的肌肉却纹丝不动，倒好像他不是园子主人似的。只有一次，他闲得没有事做，对管家说，要是在路上铺些沙土倒也不坏。他注意到路上缺少谁也不需要的沙土，却没注意到有些光秃的树木已经在隆冬季节冻死，也没注意到有些母牛在园子里散步。乌尔别宁回答他的话说，要照料这个园子就得用十几名工人，既然爵爷不在庄园上长住，为园子花钱就成了不必要的、白费工夫的奢侈。伯爵，当然同意这个理由。

“再者，说实话，我也没有工夫！”乌尔别宁摇一摇手说，“夏天得在地里张罗，冬天要到城里去卖粮食。……这个园子就顾不上了！”

我们面前是主要的，也就是所谓的“大”林荫路。它的魅力就在于老椴树张开宽阔的树盖，道路两旁栽种着无数郁金香，五颜六色，一直绵延到道路尽头。远远看去，尽头有一块黄色斑点，那是砖砌的黄色凉亭，从前那里面有饮食部，有台球和地球，有中国玩具。我们信步往凉亭走去。……在凉亭门口，我们遇见一个活的生物，稍稍惊扰了我那些胆小旅伴的神经。

“蛇！”伯爵忽然尖叫道，抓住我的胳膊，脸色发白，“你瞧！”

波兰人后退一步，站在那里动弹不得，摊开两只手，好像要拦住一个幽灵去路似的。……那儿的石砌阶梯已经坍坏，最高那层台阶上躺着一条小蛇，是我们俄国所常见的蝮蛇。它见到我们，就抬起小头，扭动起来。……伯爵又尖叫一声，躲到我背后去。

“不用怕，大人！”乌尔别宁懒洋洋地说，举步走上头一层台阶。……

“可是万一它咬人呢？”

“它不会咬人。再者，顺便提一下，这种蛇咬人所造成的害处一般说来被人过于夸大了。以前有一次，我让老蛇咬过一口，可是您看得明白，我并没死。人的毒倒比蛇厉害得多呢！”乌尔别宁没忘记发一句议论，随后就叹了口气。

他说的果然不差。管家还没来得及走上两三层台阶，蛇就挺直身子，像闪电似的迅速溜进两块石板中间的一条缝里去了。我们走进凉亭，又看见一个活的生物。有个中等身材的老人躺在旧台球桌上，桌子已经褪色，呢面也撕破了。老人穿着蓝色上衣和条纹布长裤，头戴马夫的小帽，他睡得酣畅平稳。他那脱了牙的嘴巴张开着，像是一个窟窿，有一只苍蝇在他嘴的四周逍遥自在地散步，然后爬到他的尖鼻子上去。老人瘦得像是骷髅，张开嘴，躺着不动，犹如一具死尸刚从停尸室里抬出来，供人解剖似的。

“弗兰茨！”乌尔别宁推一推他说，“弗兰茨！”

弗兰茨被人推了五六下以后，才闭上嘴，坐起来，可是对我们大家看了一眼，又躺下去了。过一会儿他的嘴又张开，响起了鼾声，由于鼾声而引起的轻微颤动又开始惊扰那只在他鼻子四周散步的苍蝇。

“他睡着了，没出息的蠢猪！”乌尔别宁叹口气说。

“他好像是我们的花匠特利赫尔吧？”伯爵问。

“就是他。……他天天都是这样。……白天睡得像是死人，夜里打牌。据说今天他打到早晨六点钟才歇手。……”

“他打什么牌？”

“打那种输赢很快的牌。……大半是打‘斯土科尔卡’[1]。……”

---

① 一种狂热的纸牌赌博。

“哼，这样的人干起活来是很差的。……他们简直是白拿工钱。”

“我对您说这话，大人，倒不是要告他的状，或者表示不满，”乌尔别宁忽然醒悟过来，说，“我是随便讲讲的。……我想表示惋惜：这么个能干人，却听任嗜好摆布。不过他是个勤恳的人，干得不错，……倒不是白拿工钱的。”

我们又看一眼赌徒弗兰茨，然后从凉亭里走出来。我们从这儿往园子的旁门走去，门外就是田野了。

花园的旁门很少不在长篇小说里起重大作用。如果您自己没注意到这一点，就请您去问我的波里卡尔普，他这一辈子读过许多可怕的和不可怕的长篇小说，一定能对您肯定这个微不足道而又富于特征的事实。

我的长篇小说也不能避开旁门。不过我的旁门却跟其他的旁门不同：在我的笔下，从旁门进进出出的，大多是不幸的人，幸福的人几乎一个也没有，在别的长篇小说里情形却适得其反。最糟的是往后我要以侦讯官的身份，而不是以小说作家的身份把旁门描写一次。……在我这个旁门里进进出出的，犯人多于情人。

过了一刻钟，我们拄着手杖，登上在我们这儿叫作“石坟”的山顶。村子里传说在这堆石头下面埋着某鞑靼王的尸体，他生怕死后仇人会来凌辱他的遗骸，因而立下遗嘱，要在他身体上垒起石山。不过这个传说未必真实。……就石头的层次、相互位置、大小而论，都看不出这座山的产生有人手造成的痕迹。这座山孤零零地立在野外，活像一顶扣着的帽子。

我们登上山顶，看见整个湖面辽阔得迷人，美丽得无法形容。太阳不再照着湖，已经落下去，留下宽而长的红霞，为附近一带染上悦目的紫红色。我们脚下展现出伯爵的庄园以及它的正房、教堂、园子。远处，湖对岸，有个小村子，颜色灰白，就是命运驱使我暂时安身的地方。湖面跟先前一样平静无波，米海老人的几条小船互相分开，匆匆向岸边划来。

我那小村子旁边有个火车站，显得黑乎乎的，火车头在冒烟。在我们后面，也就是石坟的另一边，展开新的画面：石坟山脚下是大道，道旁耸起古老的杨树。这条路一直通到伯爵的树林里，那片树林延伸到地平线上。

我和伯爵站在山顶上。乌尔别宁和波兰人身体沉重，宁愿在山脚下大道上等我们。

“这是个什么人物？”我朝波兰人那边点一下头，问伯爵说，“你是在什么地方跟他交成朋友的？”

“他是个很可爱的先生，谢辽查，很可爱！”伯爵不安地说，“你很快就会跟他亲热起来的！”

“哼，未必吧。为什么他总是不开口讲话？”

“他生性不爱讲话！不过话说回来，他多么聪明！”

“他到底是个什么样的人呢？”

“我是在莫斯科同他相识的，他很可爱。以后你什么都会弄清楚的，目前你就不要问了。我们下山去吧？”

我们从石坟上下来，沿着大道往树林那边走去。天色明显地黑下来，树林里传来布谷鸟的咕咕声，有一只疲劳而且大概幼小的夜莺发出歌唱的颤音。

“喂，喂！”我们走近树林，听见一个孩子清脆的嗓音在喊叫，“来捉住我呀！”

从树林里跑出来一个小小的女孩，五岁上下，头发像亚麻那样白，穿着浅蓝色的连衣裙。她看见我们，就声音清脆地扬声大笑，蹦蹦跳跳，跑到乌尔别宁跟前，搂住他的膝头。乌尔别宁抱起她来，吻她的脸。

“我的女儿萨霞！”他说，“我来介绍一下。”

追着萨霞跑出树林来的，是个十五岁左右的中学生，乌尔别宁的儿子。他见到我们，犹豫不定地脱掉帽子，然后戴上，可是接着又脱掉了。一个穿一身红的人跟在他身后，悄悄地走过来。那个穿得一身红的人立刻把我们的注意力吸引过去了。

“好一个美人精！”伯爵叫道，抓住我的胳膊，“你看！多么可爱！这是谁家的姑娘？我一直不知道我的树林里住着这样的仙女呢！”

我看一眼乌尔别宁，想问姑娘的来历。说来奇怪，一直到这时候我才发现管家已经喝得大醉。他脸色红得像虾一样，身子摇晃一下，伸手抓住我的胳膊肘。

“谢尔盖·彼得罗维奇！”他凑着我的耳朵小声说，向我喷着酒气，“我请求您拦住伯爵，不要再谈那个姑娘。他出于习惯可能说些不该说的话，而她是个极正派的女人！”

那个“极正派的女人”是个十九岁的姑娘，小头上生着美丽的金发，浅蓝色的眼睛露出善良的神色，两肩上披着长发。她穿一件半儿童、半姑娘式样的猩红色连衣裙。她的腿像针那么匀称，脚上穿着红袜，登着几乎像孩子穿的小便鞋。我用欣赏的目光瞅着她，她就卖弄风情地缩起圆肩膀，好像觉得天冷，或者我的目光把她刺痛了似的。

“尽管她的脸那么年轻，她的体态却那么成熟！”伯爵对我小声说，他从年纪很轻的时候起就已经丧失了尊重女人的能力，用淫荡的兽性目光看待女人。

可是我呢，记得当时我胸中燃烧着美好的感情。那时候，我还是个诗人，我面对着树林、五月的薄暮、傍晚开始闪烁的繁星，只能用诗人的目光看待女人。……我瞧着一身红的姑娘，心里带着敬意，就跟我平素瞧着树林、山峦、蓝天一样。那时候我还保留着一点多愁善感的气质，这是我从日耳曼籍的母亲那儿继承来的。

“她是什么人？”伯爵问。

“她是守林人斯克沃尔佐夫的女儿，大人！”乌尔别宁说。

“她就是独眼农民说起过的奥莲卡吧？”

“是的，他提到过她的名字。”管家回答说，抬起恳求的大眼睛瞧着我。

红姑娘听任我们从她身旁走过去，看来丝毫也没理会我们。她的眼睛瞧着旁边，然而我是了解女人的，感到她的眼睛瞟了一下我的脸。

“他们哪一个是伯爵？”我听见后面传来她的低语声。

“就是那个，留着长唇髭的。”中学生回答说。

我们听见身后响起银铃般的笑声。……那是大失所望的笑声。……她以为伯爵，这片大树林和大湖的所有者，就是我，而不是那个脸容憔悴、唇髭很长、毫不起眼的人。……

我听见乌尔别宁强壮的胸膛里发出一声深长的叹息，这个铁人几乎走不动了。

“你让管家回去吧，”我对伯爵小声说，“他有病，或者……喝醉酒了。”

“您似乎有病，彼得·叶果雷奇！”伯爵对乌尔别宁说，“我不用您陪着，所以我不想留下您了。”

“您不用操心，大人。我感激您关心我，可是我没有病。”

我回过头去看一眼。……那个红姑娘没有动，在瞧我们的背影。……

可怜的、生满金发的小头！在这五月平静而安宁的傍晚，我怎么想得到她日后会成为我这波澜起伏的长篇小说的女主人公呢？

现在，我写着这几行字，秋雨正凶猛地敲打我温暖的窗子，大风正在我头顶上咆哮。我瞧着黑暗的窗子，极力运用我的想象力，在这漆黑的夜色中再现我那可爱的女主人公。……我果然看见她了，看见她那纯朴稚气、天真善良的小脸和温情脉脉的眼睛。我不由得想丢开我的笔，把我已经写成的稿纸统统撕碎，烧掉。何苦去触动那个年轻无辜的人所留下的回忆呢？

不过这儿，在我的墨水瓶旁边，放着她的照片。照片上，那生满金发的小头显出美丽而深深堕落的女人那种虚浮的尊严。她那对眼睛凝眸不动，显得疲乏，为她的放荡骄傲。在照片上，她宛如一条蛇，这种蛇咬起人来，为害非浅，这连乌尔别宁也不会认为过于夸大呢。

她吻了吻风暴，风暴就把这朵小花连根拔掉了。她得到的固然很多，然而另一方面，她付出的代价也未免太高。读者原谅她的罪过吧。……

我们往树林里走去。

那些松树沉默而单调，显得烦闷无聊。它们统统生得一般高，彼此相像，一年四季老是那个样子，既不懂得死亡，也不懂得春天的复苏。不过，它们虽然带着阴郁的神情，却还是很动人：它们一动也不动，不发出一点响声，好像沉湎在哀伤的思考当中。

“我们该回去了吧？”伯爵提议说。

这句问话却没得到回答。波兰人觉得不论待在什么地方都无所谓。乌尔别宁认为他自己的意见反正不算数。我呢，过于喜爱树林里的凉爽和松脂的香气，不愿意回去。再者，从现在起到深夜止，这一段时间总得设法消磨过去，简单地散一散步也是好的。我一想到近在眼前的狂欢之夜，我的心就甜蜜地收紧了。说来惭愧，我在巴望这个夜晚，暗自玩味它的欢乐。伯爵不时焦急地看他的怀表，可见他也等得心急了。我们感到我们倒是互相了解的。

守林人的小屋坐落在松林当中一个方形的小广场上，小屋附近有两条小狗发出歌唱般的清脆吠声迎接我们。狗的毛色黄里透红，我也不知道它们是什么品种，它们像鳗鱼那么灵活，全身发亮。它们认出乌尔别宁，就快活地摇着尾巴，跑到他跟前去，由此可以断定管家常来访问守林人的小屋。在小屋附近，我们还遇到一个小伙子，没穿皮靴，没戴帽子，惊愕的脸上布满大颗雀斑。他瞪大眼睛，沉默地瞧了我们一会儿，后来大概认出了伯爵，就叫一声哎呀，一溜烟跑进小屋里去了。

"我知道他跑进去干什么，"伯爵说，笑起来，"我还记得他。……他就是米特卡。"

伯爵没说错。不出一分钟，米特卡就从小屋里走出来，用托盘端来一小杯白酒和半杯清水。

"给您添福添寿，大人！"他说，送上酒和水，整个愚蠢而惊愕的脸上满是笑容。

伯爵喝着白酒，用清水"送下酒去"，不过这一次他没皱起眉头，离小屋百步开外，放着一把铁制的长椅，也像松树那么老。我们就在长椅上坐下，开始观赏五月傍晚那种恬静的美。……受惊的乌鸦在我们头顶上呱呱地叫，飞来飞去，夜莺的歌声从四面八方传过来，只有这些声音打破周遭的寂静。

甚至在这种恬静的春日傍晚，在人的说话声最不悦耳的时候，伯爵也还是不肯保持沉默。

“我不知道你会不会满意，”他扭过脸来对我说，“我已经吩咐晚饭准备下鲈鱼汤和烤野禽了。下酒菜是凉鲟鱼和乳猪拌辣根。”

饶有诗意的松树似乎对这种平淡无味的话生了气，突然摆动树梢，于是林子里响起一阵轻微的埋怨声。清新的微风吹过林间通路，戏弄青草。

“你们也闹得够了！”乌尔别宁对那两只火红色小狗喝道，它们一味同他亲热，妨碍他吸烟。“我觉得今天会下雨。我是凭空气闻出来的。今天热得这么厉害，即使不是有学问的教授，也能预告要下雨。下一场雨对粮食倒有好处呢。”

“你何必管粮食？”我暗想，“反正伯爵总是要把它卖掉喝酒的。雨也用不着来管这些闲事。”

又一阵清风吹过树林，不过这一回风势大了。松树和青草的埋怨声更响了。

“我们回家去吧。”

我们站起来，懒洋洋地往回走，向小屋那边走去。

“与其做个侦讯官，在人间生活，”我对乌尔别宁说，“倒不如做这个金发的奥莲卡，在这里同禽兽为伍的好。……这样倒清静些。这话对吗，彼得·叶果雷奇？”

“不管做个什么样的人，只要心里踏实就行，谢尔盖·彼得罗维奇。”

“那么这个漂亮的奥莲卡心里踏实吗？”

“别人的心灵怎么样，只有上帝才知道。不过我认为，倒也没有什么事来搅扰她的安宁。她没有多少伤心事，至于她的罪过，也跟婴儿差不多。……她是个很好的姑娘！不过现在，瞧，连天空也终于说明要下雨了。……”

隆隆声响起来，既像是远处马车的奔驰声，又像是滚地球的响声。……树林外边远远的什么地方响起了雷声。……米特卡一直跟在我们后面，这时候打了个哆嗦，赶快在胸前画十字。……

“雷雨！”伯爵惊慌地说，“这可是出其不意！这样我们在路上会遇到雨呢。……天色这么黑！我早就说过我们回去吧！你们偏不听，偏要往前走。……”

“我们到小屋里去避避雷雨吧。”我提议说。

“何必到小屋里去？”乌尔别宁开口说，有点奇怪地眨巴眼睛，“这场雨会下一夜的，你们就在小屋里坐一夜？你们不必担心。……你们只管往前走，我叫米特卡跑到前头去，打发一辆马车来接你们。”

“没关系，说不定雨不会闹腾一夜。……雷雨的乌云照例很快就会过去。……顺便说一句，我还不认识新的守林人，我想跟那个奥莲卡谈一谈，……了解一下她是个什么样的人。……”

“我不反对！”伯爵同意说。

“可是那边……那个……没有收拾干净，你们怎么能去呢？”乌尔别宁不安地支吾说，“既然可以回家去，大人，又何必在那儿坐着受热？……我不明白这有什么乐趣！……守林人病了，您却要去跟他结识。……”

显然，管家很不愿意我们到守林人的小屋里去。他甚至摊开两只手，好像要拦住我们去路似的。……我从他的脸色领会到他不让我们去是有难言之隐的。我素来尊重别人的苦衷和秘密，可是这回我的好奇心却极力挑唆我。我坚持我的主张，我们就往小屋那边走去。

“请到客堂里坐！”赤脚的米特卡不是在说话，而是好像在特别地打噎，他高兴得透不过气来了。……

请您想象一下世界上最小的客堂和没有上漆的木墙吧。墙上挂着《田地》[①]的彩色画片，照片装在介壳，或者我们通常称为贝壳做的小框子里，另外还挂着证书。……一张证书说明某男爵感激他服务多年，其他的都是关于马的。……墙上有些地方爬着常春藤。……墙角上有个小小的圣像，圣像前面的灯微微地燃着蓝色小火苗，灯光微弱地映在银框上。墙边有几把椅子挨得很紧，看来是不久以前买的。……这家人买了许多多余的东西，也都陈列在那儿，因为没有地方可放。……这儿还有些圈椅挤在一起，旁边有张长沙发，蒙着雪白的套子，滚着绉边和花边，另外还有一张上了漆的圆桌。长沙发上有一只驯养的兔子在打盹。……屋里舒适、干净、暖和。……处处都显出这儿有女人照料。就连小书架也显得有点纯朴，带点女人气，仿佛它一心想表示，书架上没有别的东西，只有些写得疲沓的长篇小说和感伤的诗篇。……这种温暖舒适的小房间的妙处，在春天不容易感觉到，到秋天人们寻找避寒避雨处所的时候就容易感觉到了。……

米特卡忙忙乱乱，呼呼地吐气和喘息，嗞拉一声划亮火柴，点燃两支蜡烛，小心翼翼地，像放牛奶似的把它们放在桌上。我们在圈椅上坐下，互相看一眼，笑起来。……

“尼古拉·叶菲梅奇有病，躺在床上，”乌尔别宁解释主人何以不

① 在彼得堡发行的一种画报。

在，“至于奥尔迦[1]·尼古拉耶芙娜，大概送我的孩子回家去了。……”

“米特卡，房门关严了吗？”我们听见隔壁房间里传来衰弱的男高音。

“关严了，尼古拉·叶菲梅奇！”米特卡用沙哑的嗓音说，一溜烟跑到隔壁房间里去了。

“这才对。……要注意，把所有的门都关严，……”衰弱的嗓音又说，“插上门闩，要插得紧紧的。……要是有贼溜进来，你就告诉我。……我拿枪对付他们这些坏蛋，……下流货。……”

“一定照办，尼古拉·叶菲梅奇！”

我们笑起来，探问地瞧着乌尔别宁。那一个脸红了，为掩饰慌张而着手整理窗帘。……这是怎么回事？我们又互相看一眼。

然而我们没有工夫纳闷。外面传来急匆匆的脚步声，然后门廊上发出响声，房门“砰”的一响。红姑娘飞进“客厅”里来了。

“‘我喜欢五月初的雷雨啊！’[2]”她用尖细的女高音唱起来，随后歌声换成笑声。可是一看到我们，她就忽然停住脚，不出声了。

她窘住了，像羔羊那样温顺地走进房间里去，刚才她父亲尼古拉·叶菲梅奇的嗓音就是从那儿传出来的。

“她没料到我们在这儿！”乌尔别宁笑着说。

过了一会儿，她悄悄地走进来，在最靠近门口的椅子上坐下，开始打量我们。她大胆地瞧着我们，凝眸不动，好像她觉得我们不是新来的人，而是动物园里的动物似的。我们也沉默地瞧了她一会儿，没有动弹。……我倒愿意坐上一年，一动也不动，瞧着她，那

---

① 上文的奥莲卡是奥尔迦的爱称。

② 俄国诗人丘特切夫的诗《春天的雷雨》（1828）的第一行，一八七五年该诗由别吉切夫谱成歌曲。——俄文本编者注

天傍晚她真美极了。像空气一样新鲜的红彤彤的脸蛋，常常吸气而隆起的胸脯，披在额头上、肩膀上、整理衣领的右手上的鬈发，亮晶晶的大眼睛，……所有这些都生在她那一眼就能看完的娇小的身体上。……您对这个娇小的身体看一眼，就会比您对无边无际的地平线看上几百年所能见到的还要多呢。……她严肃地瞅着我，从下往上地端详我，眼睛里带着疑问的神情。可是临到她的眼睛从我身上移到伯爵或者波兰人身上，我就在那对眼睛里看到相反的顺序：她的目光改成从上往下看，而且她笑起来了。……

我头一个开口说话。……

“让我来介绍我自己，”我说，站起来，往她那边走过去，“我姓齐诺维耶夫。……这一位，我来介绍一下，是我的朋友卡尔涅耶夫伯爵。……我们请您原谅，我们没受到邀请就擅自闯进您这漂亮的小屋里来了。……当然，要不是雷雨逼得紧，我们是不会这样做的。……”

“可是话说回来，我们的小屋又不会因此就塌下来！”她笑着说，向我伸出手来。

她向我露出美丽的牙齿。我跟她并排在椅子上坐下，我对她讲起我们在路上怎样意外地碰到雷雨。我们开始谈天气，任何谈话都是从天气谈起的。我跟她谈了很久，米特卡已经先后两次给伯爵送来白酒，每次都一定连带送来清水。……伯爵趁我没看他，每喝完一杯酒，就做出一脸舒服的鬼相，摇摇头。

“你们也许想吃点什么吧？”奥莲卡问我，没等回答就走出房外去了。……

头一批雨点开始敲打窗上的玻璃。……我走到窗前。……天色已经完全黑了。我隔着玻璃看不见别的，只看见往下淌的雨点和我鼻子的阴影。这时候电光一闪，照亮附近几棵松树。……

“房门关严了吗？”我又听见衰弱的男高音说话，“米特卡，快去，坏小子，把门关上！真是活受罪，主啊！”

有个农妇挺着勒得很紧可是仍然很大的肚子，露出愚蠢而操心的脸色，走进客堂里来，对伯爵深深一鞠躬，然后在桌子上铺开洁白的桌布。米特卡跟在她后面小心地走过来，手里端着冷荤菜。过一会儿，桌子上已经放好白酒、甜酒、干酪和一碟烤好的野禽。伯爵喝下一杯白酒，可是没吃东西。波兰人怀疑地闻了闻那只飞禽，动手把它切开。

“雨下起来了！您瞧！”我对走进来的奥莲卡说。

红姑娘走到窗前我站着的地方，这时候正巧有一道白光刹那间照亮了我们。……上边响起一声霹雳，我觉得好像有个又大又重的东西从天空落下来，隆隆响地滚过地面。……窗上的玻璃和伯爵面前的酒杯一齐颤抖，发出玻璃的丁零零的声音。……轰雷来势很猛。……

“您怕雷雨吗？”我问奥莲卡说。

奥莲卡把她的脸颊贴到圆肩膀上，带着稚气的信任神情瞧着我。

“怕，”她略略沉吟一下，小声说，“雷把我的母亲打死了。……报纸上甚至描写过这件事。……当时我母亲在野外边走边哭。……她在这个世界上生活得很辛酸。……上帝就来怜惜她，用天上的电结束了她的生命。”

“您怎么知道天上有电？”

“我念过书。……您知道吗？凡是被雷打死的，在战场上阵亡的，因难产而死掉的，都要升天堂。……书上根本没有写过这种话，不过这是实在的。我母亲眼前就在天堂里。我觉得好像日后我也会给雷劈死，我也会到天堂里去。……您是受过教育的人吧？”

“是的。……”

“那您就不会笑我了。……我就是想照这样死掉。我要穿一身极贵重、极时髦的衣服，就跟前几天我看见本地女财主和女地主谢费尔所穿的那件一样，胳膊上戴手镯。……然后我就站在石坟的顶峰上，让闪电打死，给大家都看见。……一声可怕的响雷，您知道，然后全完了。……”

“多么荒唐的幻想！”我含笑说，瞧着她的眼睛，这时候她的眼睛里对那种可怕而又耸人听闻的死亡充满神秘的恐怖。“那么您不愿意穿着普通的衣服死？”

“不行，……”奥莲卡摇着头说，“而且要叫所有的人都看见才成。”

“您目前这身衣服比一切时髦和贵重的衣服都好呢。……这身衣服正好配得上您。您穿上它，就像是青翠树林里的一朵红花。”

“不，这话不对！”奥莲卡天真地说，叹了口气，“这身衣服不值钱，不会好看。”

伯爵走到我们站着的窗前来，分明有意跟漂亮的奥莲卡攀谈一下。我的朋友会讲三种欧洲语言，可就是不善于同女人讲话。他有点不合时宜地站在我们身旁，傻笑着，嘴里含混地低声说着“是啊”，后来却往后退，走到酒瓶那边去了。

“刚才您走进这个房间，”我对奥莲卡说，“您唱着‘我喜欢五月初的雷雨’。莫非那首诗已经谱成歌了？”

“不，我是按我的调子唱我知道的那些诗的。”

我偶尔回过头去看一眼，乌尔别宁正瞧我们。我看出他的眼睛里含着憎恨和气愤，这跟他那张善良温和的脸完全不相称。

“他在嫉妒还是怎么的？”我暗想。

这个可怜人看到我疑问的目光，就从椅子上站起来，到前堂不知做什么去了。……甚至凭他的步伐也可以看出他心情激动。雷声越来越有力，越来越响亮，而且越来越勤了。闪电用好看而晃眼的亮光不断照耀天空、松树、湿地。……大雨一时还停不了。我离开窗口，走到书架那边，开始考察奥莲卡的藏书。“你说出你看什么书，我就能说出你是什么样的人。”然而单凭井井有条地放在书架上的书是难于对奥莲卡的智力水平和“教育程度”做出任何结论的。那些书是一堆奇怪的杂拌。有三本文选，一本波伦[①]的著作，一本叶甫土谢夫斯基的算题集，一本莱蒙托夫著作第二卷，有希克里亚烈夫斯基[②]的书，有《事业》杂志[③]，有一本烹饪书，有《文库》[④]。……我本来还可以再给您列举一些书，可是我正从书架上拿过《文库》来开始翻阅，隔壁房间的门却开了，一个人走进客堂里来，立刻把我的注意力从评断奥莲卡的教育程度上岔开了。那是个身材很高、筋强力壮的人，穿着花布长袍和破鞋，相貌相当出奇。他脸上布满青筋，留着司务长那种唇髭和连鬓胡子，总的说来近似鸟脸。他整个脸往前突出，好像要凑到鼻子尖上去似的。……这样的脸似乎就是通常所谓的“高罐子脸”[⑤]。这个人的小头安在又长又细、鼓出一个大喉核

① 波伦（1837—1902），德国作家，写过许多合乎小市民趣味的历史小说，他的作品在二十世纪七十年代译成俄语。——俄文本编者注

② 见本书第5页注②。

③ 一八六六年至一八八八年在彼得堡印行的一种文学与政治月刊，在一八八三年前具有民主主义倾向。——俄文本编者注

④ 一种由俄国作家的作品合编成的文学选集，于一八七四年在彼得堡为赈济萨马拉省的饥民而出版。参加这个选集的作家有谢德林、屠格涅夫、陀思妥耶夫斯基、涅克拉索夫、冈察洛夫、奥斯特洛夫斯基、托尔斯泰、普列谢耶夫等。——俄文本编者注

⑤ 指极难看的、下巴向上撅起的脸。

的脖子上，摇摇摆摆，犹如椋鸟巢[1]遇到了风一样。……这个奇怪的人抬起混浊的绿眼睛扫了我们一眼，目光停在伯爵身上。……

“房门都关严了吗？”他用恳求的声调问道。

伯爵瞧一瞧我，耸起肩膀。……

“你别操心了，爸爸!”奥莲卡说，“都关严了。……回到你房间里去吧！”

“堆房的门也关上了？”

“有的时候他有点那个，……疯疯癫癫的，”乌尔别宁从前堂走来，小声说，“他怕贼，喏，你们看，老是为门操心。……尼古拉·叶菲梅奇，”他扭过脸去对怪人说，“回到你的房间里去，躺下睡觉吧！别操心了，都关严了！”

“窗子也都关严了？”

尼古拉·叶菲梅奇赶快跑到所有的窗子跟前，试一试插销插好没有，然后他一眼也没看我们，趿拉着鞋走回他的房间里去了。

“他，这个可怜人，有的时候会犯病，”乌尔别宁等他走后开始解释道，“你们要知道，他是个很好的人，有家庭的人，不料却遇上这样的倒霉事！他几乎每年夏天都神志失常。……”

我瞧着奥莲卡。她窘了，扭开脸不让我们看见，着手整理那些被翻乱的书。显然，她为疯癫的父亲害臊。

“马车来了，大人！”乌尔别宁说，“要是您高兴，就可以坐车走了！”

“这辆马车是从哪儿来的？”我问。

“我派人去叫来的。……”

---

① 这种巢是由人装在树上或杆子上的，状如小木箱。

过了一分钟，我跟伯爵一起坐在马车上，听着雷声隆隆，心里生气。

“他到底把我们从小屋里撵走了，这个彼得·叶果雷奇，见他的鬼！”我嘟哝说，真的生气了，“他简直不许人看一眼奥莲卡！其实我又不会把她吃掉。……老蠢材！他一直在大发醋劲。……他爱上那个姑娘了。……”

“对，对，对。……你猜怎么着，我也看出来了！他刚才不让我们到小屋里去，纯粹是因为吃醋，他打发人叫马车来也是因为吃醋。……哈哈!”

“这就叫‘人老心不老’。……不过呢，老兄，一个人天天像我们今天这样见到这个红姑娘，很难不爱上她！她漂亮得出奇！不过他配不上她。……他应当明白，不要那么自私地吃醋才对。……你要爱自管去爱，可是不要妨碍别人去爱嘛，特别是因为你知道自己不配得到她。……他也真是个老糊涂！”

“你记得先前喝茶的时候，库兹玛提起她的名字，他多么冒火吗？”伯爵笑着说，“我以为当时他要把我们痛打一顿呢。……一个男人要是对某个女人漠不关心，就不会这么激烈地为她的清白名声辩护。……”

“那样的男人倒也有，老兄。……不过问题不在这儿。……有一点却很重要。……今天他对我们尚且这样发号施令，那么他对小人物，对他手下的那些人，会干出些什么事来啊！恐怕那些管事的，料理家务的，打猎的和其他小人物，连走到她跟前他也一概不准！爱情和嫉妒会使人变得不公道，没心肝，厌恶人。……我敢打赌，他为这个奥莲卡一定欺压过他手下的人，而且不止一个。所以，要是他来向你告手下人的状，主张必须开除这一个或者那一个，而你不大相信他的话，那你就做得聪明了。总之，应该暂时限制他的权力才是。……爱情总会过去的，喏，到那时候就不必再担心了。他其实倒是个善良而诚实的人。……”

“你觉得她爸爸怎么样？”伯爵笑着说。

“疯子。……应当把他送进疯人院里去关起来，不应当叫他管理树林。……总之，要是在你庄园大门上挂一块‘疯人院’招牌，也不算言过其实。……你这个地方是个十足的贝德拉姆①！这个守林人啦，那个猫头鹰啦，打牌入了迷的弗兰茨啦，堕入情网的老头子啦，狂热的姑娘啦，酗酒的伯爵啦，……还缺什么呢？”

“可是要知道，这个守林人是领工钱的！如果他是疯子，那他怎么工作呢？”

“乌尔别宁分明只是看在他女儿的分上才收留他的。……乌尔别宁说，尼古拉·叶菲梅奇几乎每年夏天都发病。……不过这话未必实在。……这个守林人不是每年夏天，而是经常生病。……幸好你的彼得·叶果雷奇难得说谎，一说谎就露出马脚来了。……”

“去年乌尔别宁报告我说，原来的老守林人阿赫美捷耶夫动身到阿索斯山②去做修士了，为此向我举荐‘有经验的、诚实的、工作很有成绩的’斯克沃尔佐夫。……我呢，当然，同意了，就像平时我总是同意他的主张一样。信函毕竟不是脸，说谎也不会露出破绽的。”

我们的马车驶进院子里，在正房门口停下，我们下了车。雨已经过去，雷声隆隆的乌云闪着电光，发出愤怒的怨声，匆匆地往东北方向游去，越来越露出繁星点点的蓝天。似乎那种千军万马般

---

① 伦敦的一个疯人院名。

② 希腊东北部的一座山，是东正教的圣山。

的力量已经扫荡一切，取得可怕的贡品，如今又去追求新的战果了。……遗留下来的残云急起直追，匆匆忙忙，仿佛生怕追不上似的。……自然界重又归于和平。……

在宁静芬芳而又充满欢欣和夜莺歌声的空气里，在沉睡般寂静的园子里，在上升的月亮那爱抚的亮光里，处处都可以感到这种和平。……大湖在白昼的昏睡后苏醒过来，轻微的拍溅声使人的听觉知道它醒过来了。……

在这样的时候坐着安稳的四轮马车到野外去奔驰一番，或者在湖里划一划船，倒很不错。……可是我们却走进正房去了。……那儿有另一种“诗”在等待我们。

一个人受到心理痛苦的影响，或者受到不堪忍受的痛苦的煎熬而向自己额头开一枪，就叫作自杀者。可是有些人在青春的神圣岁月放纵可鄙的、使灵魂变得庸俗的情欲，这种人在人类的语言里就不知叫什么了。人饮弹自尽之后，跟着来的是坟墓的安宁；青春毁灭之后，跟着来的却是长年的悲伤和痛苦的回忆。凡是玷污过自己的青春的人，就会了解我目前的心境，我还不算老，头发也没白，然而我已经不算是活着了。精神病学家讲起一个在滑铁卢负伤的士兵神志失常，后来他向所有的人保证，而且自己也相信，他已经在滑铁卢阵亡，至于现在大家认为是他的这个人，只不过是他的影子，他过去所留下的映影而已。目前我就在经历这种半死不活的景况。……

“我很高兴，你在守林人家里什么东西也没吃，没有倒掉你的胃口，”伯爵在我们走进正房的时候对我说，“我们要好好吃一顿晚饭，……跟从前一样。……开饭！”他吩咐伊里亚说，伊里亚正在给他脱礼服，换上家常穿的长袍。

我们往饭厅走去。那儿，在摆好餐具的桌子上，“生活正在沸腾”。五颜六色、高低不等的酒瓶一字排开，就像剧院饮食部里的货架一样，映着灯光，等候我们光顾。盐腌的、醋渍的和其他各种凉菜放在另一个桌子上，那儿有一瓶瓶俄国白酒和英国苦酒。葡萄酒瓶的旁边放着两个碟子：一个盛乳猪，另一个盛凉的鲟鱼肉。……

“好，……”伯爵斟满三杯酒，仿佛怕冷似的缩起身子，开口说，“祝我们身体健康！端起杯子来，卡艾坦·卡齐米罗维奇！”

我喝干酒，可是波兰人否定地摇摇头。他把鲟鱼肉移到跟前，闻了闻，吃起来。

我请求读者原谅。我马上就要描写完全缺乏“浪漫气息”的场面了。

“好，……再喝一杯，”伯爵说着，斟满第二杯，“喝呀，列科克！”

我拿起酒杯来，瞧了瞧，放下了。……

“见鬼，我很久没有喝酒了，”我说，……“你还记得老规矩吗？”我没考虑多久就斟上五杯酒，一杯连一杯地倒进我的嘴里。不这样，我就喝不下去。小学生总是学大学生的样吸纸烟。伯爵瞧着我的榜样，就也给自己斟满五杯酒，深深地伛下腰去，皱起眉头，摇着脑袋，一口气喝了下去。我一连喝下五杯酒，依他看来像是逞强，可是我这样喝，根本不是要夸耀我的酒量。……我是想喝醉，痛痛快快地喝个大醉，我住在村子里，很久以来没有醉过了。我喝完酒，就挨着桌子坐下，开始吃乳猪。……

要喝醉是用不了多大工夫的。我很快就感到了轻微的头晕，我胸中感到舒服的凉意，幸福兴奋的心情开始了。忽然，没有什么特别明显的转折，我变得兴高采烈，空虚烦闷的感觉让位给十足欢畅快活的心情；我开始微笑，我突然想谈天，想欢笑，想跟人们周旋。我一面咀嚼乳猪，一面感到生活充实，几乎对生活满意，几乎感到幸福了。

“为什么您一点酒也不喝？”我扭过脸去对波兰人说。

“他素来不喝酒，”伯爵说，“你不要硬逼他。”

“不过好歹总可以喝一点嘛！”

波兰人把一大块鲟鱼肉放进嘴里，否定地摇头。他的沉默惹得我冒火。

“您听我说，卡艾坦，……您的父名叫什么来着？……为什么您老是不开口讲话？”我问他说，“我还没荣幸地听到过您的说话声呢。”

他的两道眉毛像飞燕似的扬起来，他瞧着我。

“您是希望我说话吗？”他带着浓重的波兰口音问。

“非常希望。”

“什么缘故呢？”

“求上帝怜恤吧！轮船上的生人和不相识的人，到吃饭的时候尚且互相交谈，我跟您已经认识好几个钟头，彼此也看够了，可是连一句话也没有交谈过！这像什么样子呢？”

波兰人一句话也没说。

“您为什么不说话？”我等了一会儿，问道，“您总该回答一句话嘛！”

“我不打算回答您。我听出您的声音里有笑音，我不喜欢嘲笑。”

“他根本就没笑啊！”伯爵不安地说，“你这是从何说起呢，卡艾坦？他是出于好意。……”

“连伯爵们和公爵们都不用这种口气跟我说话！”卡艾坦说，皱起眉头，“我不喜欢这种口气。”

“那么，您不打算赏脸谈话？”我继续追问，又喝下一杯酒，笑起来。

“你知道我究竟为什么回到这儿来吗？”伯爵插嘴说，想换一换话题。“这一点我还没有跟你说过吧？我在彼得堡找过一个我熟识的大夫，我平时是经常在他那儿看病的。我讲起我的病。他用听筒听了一阵，敲敲打打，摸来摸去。你猜怎么着，临了他说了一句：‘您不是懦夫吧？’我虽然不是懦夫，可是，你知道，我的脸色顿时发白了。‘我不是懦夫。’我说。”

“说得短一点，老兄。……我听腻烦了。”

“他预言：要是我不离开彼得堡，不走掉，不久就会死亡！由于我长期饮酒，我的肝脏全坏了。……我这才决定到这儿来。再者，待在那儿也太傻。……这儿的庄园这么丰盛富饶。……单是气候就好得没法说！……至少也有正经事可干嘛！工作才是最好和最根本的治疗方法。不是这样吗，卡艾坦？我要着手经营田产，戒酒了。……大夫不许我喝酒，……喝一杯都不行！”

“好，那你就别喝了。”

“我是不喝了。……今天是最后一次，因为跟你见了面，”伯爵向我这边探过头来，吻一下我的脸，……“因为跟我亲爱的好朋友见了面。不过明天我就一滴酒也不喝了！巴克科斯[①]今天跟我永久分手了。……作为临别纪念，谢辽查，我们来喝一杯……白兰地？”

我们喝下白兰地。

“我的病会好起来的，谢辽查，好朋友。我要经营田产。……合理化的经营管理！乌尔别宁善良而殷勤，……什么都懂，可是难道他

① 希腊神话中的酒神。

会经营田产？他是墨守成规的人！我们得订购杂志，读书，处处留神，参加农业展览会，可是按他的教育程度来说，这些都办不到！难道他真能……爱上奥莲卡？哈哈！我自己动手干，叫他做我的助手。……我要参加选举，叫社交界活跃起来，……啊？是啊，就连在这儿也能够生活得幸福呢！你认为怎样？喏，你又笑了！又笑了！真的，跟你没法说话！”

我高兴，想笑。伯爵惹得我发笑，那些蜡烛、酒瓶、装点饭厅墙壁的兔子和鸭子造型，也都逗得我要笑。……只有卡艾坦·卡齐米罗维奇清醒的面容没惹得我发笑。这个人在座，引得我生气。

“不能叫这个波兰小贵族滚蛋吗？”我对伯爵小声说。

“你这是什么话！看在上帝面上吧，……”伯爵喃喃地说，抓住我的两只手，倒好像我打算揍他的波兰人似的，“就让他坐着好了！”

“可是我看到他就受不了！您听我说，”我转过身去对普谢霍茨基说，“您拒绝跟我谈话，可是请您原谅我，我倒还没失去希望，想略为领教一下您的说话能力呢。……”

“算了！”伯爵拉住我的衣袖说，“我求求你！”

“我要缠住您不放，除非您回答我的话，”我接着说，“您干吗皱起眉头？莫非您现在还听见我的说话声里有笑音吗？”

“要是我也喝了您那么多的酒，我就会跟您谈话了，可是现在我跟您却不是一路人。……”波兰人嘟哝说。

“讲到我跟您不是一路人，这一点还需要什么证明呢。……我想说的也正是这一点。……鹅和猪交不成朋友，喝酒的和不喝酒的合不来。……喝酒的妨碍不喝酒的，不喝酒的妨碍喝酒的。好在隔壁客厅里有出色而柔软的长沙发！吃完了鲟鱼肉拌辣根，在那上面躺一躺倒很好。在那儿也听不见我的声音。您愿意到那边去吗？”

伯爵把两个手掌合在一起，眨巴着眼睛，在饭厅里走来走去。

他是懦夫，害怕“剑拔弩张的”谈话。……可是我喝醉了酒，却喜欢无事生非，闹点纠纷。……

“我不明白！我不明白!”伯爵呻吟着说，不知道该说什么，该怎么办才好。……

他知道，要制止我是困难的。

“我跟您还不大熟识，”我继续说，“也许您是个极好的人，所以我也不想很快就跟您吵架。……我不准备跟您吵架。……我只请您明白：喝酒的人是容不下不喝酒的人的。……有不喝酒的人在座，就会刺激喝酒的人！……您要了解这一点才好！”

“您爱说什么都由您！”普谢霍茨基说，叹了口气，“反正您怎么也没法惹得我生气，年轻人。……”

“真的没法惹得您生气？那么，要是我管您叫顽固的猪，您也不怄气？”

波兰人脸红了，不过也只此而已。伯爵脸色发白，走到我跟前，做出恳求的脸色，摊开两只手。

“得了，我求求你！少说几句吧！”

我却已经进入醉汉的角色，想继续演下去，不过说来也是伯爵和波兰人走运，这时候响起脚步声，乌尔别宁走进饭厅里来了。

“祝诸位胃口好！”他开口说，“老爷，我是来问一下您有什么吩咐没有。”

“暂时还没有什么吩咐，不过倒有一个请求，……”伯爵回答说，“您来了，我很高兴，彼得·叶果雷奇。……您就坐下来跟我们一块儿吃晚饭，我们来谈一谈田产管理方面的事吧。……”

乌尔别宁坐下了。伯爵喝下一杯白兰地，开始对他说明他在合理化经营管理方面的未来行动计划。他说了很久，讲得很疲乏，不时重复他的话，或者改变话题。乌尔别宁懒洋洋地，可又注意地听着，就像严肃的人听孩子和女人饶舌似的。……他喝了鲈鱼汤，愁闷地瞧着他的汤盆。

“我随身带来了精彩的图纸！”伯爵顺带说，“那些图纸好极了！您要我拿给您看一看吗？”

卡尔涅耶夫就跳起来，跑到他的书房里去取图纸。乌尔别宁趁他不在，赶快给自己斟了半茶杯白酒，喝下去，没有吃菜。

“这白酒很难喝！”他说，带着憎恶的神情看着酒瓶。

“您为什么当着伯爵的面不喝呢，彼得·叶果雷奇？”我问他说，“莫非您怕他吗？”

“与其当着伯爵的面喝酒，谢尔盖·彼得罗维奇，还不如假充正经，背地里喝的好。您知道，伯爵有个怪脾气。……明目张胆地贪污他两万卢布，他倒无所谓，马马虎虎，一句话也不会说，可要是有十戈比的开支我忘了向他报账，或者我当着他的面喝酒，他就会叫苦，说他的管家是强盗了。您是很了解他的。”

乌尔别宁又给自己斟了半茶杯白酒，喝下去。

“您以前好像不喝酒的，彼得·叶果雷奇。”我说。

“对，不过现在喝了。……喝得很多！”他小声说，……“喝得很多，黑夜白日地喝，一会儿也不能消停！连伯爵都从没像我现在喝得这么厉害。……我心里难受极了，谢尔盖·彼得罗维奇！只有上帝才知道我心头多么沉重！我就是因为愁闷才喝上酒的。……我素来热爱您，尊重您，谢尔盖·彼得罗维奇，那么我老实对您说吧，……我恨不得上吊死了才好！”

“这是为什么？”

“都因为我愚蠢。……不光是孩子们愚蠢。……五十岁的人也有蠢货。至于其中的缘故，您就不必多问了。”

伯爵走进来，把他那些滔滔不绝的话打断了。

“最上等的甜酒！”伯爵说着，把一个大肚子酒瓶放在桌上，上面有“别尼迪克丁”[①]的火漆印，至于那些“好极了”的图纸，却没拿来。“这是我路过莫斯科，在德普列商店里买的。要喝点吗，谢辽查？”

“可是你好像是去取图纸的！”我说。

“我？取什么图纸？哦，对了！可是，老兄，连魔鬼也没法在我箱子里找到东西。我翻啊，翻啊，后来就拉倒了。……这甜酒好得很。想喝点吗？”

乌尔别宁又坐了一会儿，就告辞走了。他走后，我们开始喝红葡萄酒。这种葡萄酒终于把我灌醉。醺醉开始了，刚才我到伯爵家里来，也正希望这样。我精神非常饱满，手脚总想活动，心情异常高兴。我想做出一件惊天动地的事，要不同寻常，或者惹人发笑，或者使人眼花缭乱。……这种时候我觉得我似乎能泅渡整个大湖，解决最复杂的案件，征服任何一个女人。……世界和世上的生活使我兴高采烈，我爱这个世界，然而同时我又想发牢骚，说些刻薄的俏皮话来使人难堪，嘲弄人。……对可笑的黑眉毛波兰人和伯爵都应该嘲笑，用刻薄的俏皮话奚落一番，弄得他们垂头丧气才对。

“您为什么不说话？”我开口说，“您说话呀，我听着呢！哈哈！我非常喜欢听那些脸色严肃庄重的人讲些孩子气的废话！……那才是十足的嘲笑，对人的头脑的十足嘲笑！……脸相同头脑不相称！

---

① 一种法国蜜酒。

为了不说谎，人就得生一副呆子的相貌，可是您却生着希腊的圣贤的脸！”

我没说完。……我想到我在跟一些渺不足道、不值得我费唇舌的人谈话，我的舌头就麻住了！我需要的是装满人的大厅，有漂亮的女人，有成千盏灯火。……我站起来，端起杯子，走遍各个房间。每逢我们纵饮作乐，总是不受空间的限制，不限于坐在饭厅里，而是占领整所房子，甚至常常扩展到整个庄园去呢。……

在“彩石精镶”的客厅里，我选中一张土耳其沙发，在那上面躺下，沉湎在各种幻想和空中楼阁里。我年轻的头脑里生出种种醺醉的空想，一个比一个宏伟广大，无边无际。……一个新的世界诞生了，充满使人陶醉的魅力和不容描写的美。

我只差按韵脚说话和看见幻象了。

伯爵走到我跟前来，在沙发边上坐下。……他有话要跟我说。早在上文提到他喝过五杯酒后不久，我就已经在他眼睛里看出他有心对我讲一件什么特别的事了。我知道他想说什么。……

“今天我喝了那么多酒！”他对我说，“对我来说，这比什么毒药都有害。……不过今天是最后一次。……我用名誉担保，这是最后一次。……我是有毅力的。……”

“好，好。……”

“这是最后一次。……谢辽查，朋友，既然这是最后一次，要不要往城里打个电报呢？”

“也行，你打吧。……”

“既然是最后一次，那就该痛痛快快地乐一乐。……好，你起来，写电报吧。……”伯爵自己是不会写电报的。他写出来的电报总是太长，总是不周到。我就起来，写了如下的电文：

“某城。伦敦饭店。歌咏队经理卡尔波夫。放弃一切事务，速乘两点钟列车来此。伯爵。”

“现在是十点三刻，”伯爵说，“仆人骑马赶到火车站，要用三刻钟，maximum[①]一个钟头。……卡尔波夫十二点多钟接到电报。……他就赶紧上火车。……要是他来不及坐这班车，就得改乘货车。……对吗？”

电报是由独眼的库兹玛送去的。……伊里亚得到命令，过一个钟头要派马车到火车站去。……我为了消磨时间，就着手从容地点上各房间里的灯和蜡烛，然后掀开钢琴盖，试一试琴键。……

后来，我记得，我又在原来的沙发上躺下，什么事也不想，默默地用手推开一味要跟我谈话的伯爵。……我处在一种忘怀一切、半睡半醒的状态里，只感到灯光明亮，心境畅快而安宁。……红姑娘的形象站在我面前，她把头垂在肩膀上，眼睛里充满她对那种耸人听闻的死亡的恐惧，轻轻地对我摇着小手指头。……另一个姑娘的形象在我面前走过去，她穿着一身黑衣服，面容苍白而骄傲，带着不知是恳求还是责备的神情瞧着我。

后来我听见喧哗、欢笑、奔跑。……一对深深的黑眼睛把照在我脸上的亮光遮住。我看见那对眼睛闪闪发光，含着笑意。……两片鲜红的嘴唇上带着欢欣的笑容。……这是我的茨冈姑娘季娜在微笑。……

“是你吗？”她的声音问，“你睡着了？起来，亲爱的。……我已经很久没见到你了。……”

① 拉丁语：至多。

我沉默地握住她的手，把她拉到我身边来。……

“我们一块儿到那边去吧。……我们的人都来了。……”

“别去管他们。……我觉得这儿挺舒服，季娜。……”

“可是，……这儿太亮了。……你疯了。……也许会有人走进来的。……”

“谁走进来，我就把谁的脑袋拧下来。……我觉得挺舒服，季娜。……我有两年没见到你了。……”

大厅那边，有人在弹钢琴。“啊，莫斯科，莫斯科，莫斯科，……白石头的莫斯科呀，……”好几个声音高声唱道。

“你看，他们都在那儿唱歌。……谁也不会走进来。……”

“是啊，是啊。……”

同季娜见了面，这才把我从忘怀一切的境界里拉出来。……过了十分钟，她带着我走到大厅里，歌咏队在那儿站成半个圆圈。……伯爵两脚分开，跨坐在一把椅子上，用手打着拍子。……普谢霍茨基在他的椅子后边站着，睁着惊讶的眼睛看那些歌唱的人。……我从卡尔波夫的手里夺过三弦琴来，摇着胳膊，唱道：

“‘沿着亲爱的大河顺流而下，……沿着伏……伏……’”

“‘沿着伏尔加河，……’”歌咏队接着唱。……

“‘啊，燃烧吧，说呀，……说呀。……’”

我摇着胳膊，一刹那，像闪电那么快地换了个新歌。……

“‘疯狂的夜啊，欢乐的夜。[①]……’”

再也没有一种东西能像这种突然的转换那样刺激和兴奋我的神

① 应是“疯狂的夜啊，不眠的夜……”。《疯狂的夜啊，不眠的夜……》是俄国诗人阿普赫丁（1841—1893）在一八七六年所写的诗篇，后由作曲家柴可夫斯基谱成歌曲。——俄文本编者注

经了。我开始快活得发抖，一只胳膊搂住季娜，另一只胳膊在空中挥舞三弦琴，把《疯狂的夜》一直唱完。……三弦琴“咔嚓”一声砸在地板上，碎片往四下里飞去。……

“拿酒来！”

这以后的事，我的记忆就乱糟糟，理不清了。……一切互相混杂，纠结在一起，一切都模模糊糊，不那么清楚。……我还记得凌晨灰色的天空。……我们在划船。……湖面微微波动，仿佛见到我们吵闹不休而抱怨似的。……我在木船中央站着，身子摇来晃去。……季娜极力对我说我会跌到水里去，要求我坐下。……我却大声说，可惜湖上没有像石坟那么高的波浪，我的叫声惊动了蓝色湖面上像白斑点那么闪现的水鸟。……随后是漫长而炎热的白昼，拖得很久的早饭，十年的陈酒、甜酒、喧嚣等。……这一天的情形我只记得几个片断。……我记得我在园子里跟季娜一块儿荡秋千。我站在踏板这一头，她站在那一头。我使出浑身的力气拼命荡着秋千，连我自己也不知道我要干什么：究竟是要季娜从秋千上掉下地来摔死呢，还是要她飞到云端里去？季娜站在秋千上，脸色白得跟死人一样，然而她高傲，要面子，就咬住牙关，没有发出一点害怕的声音。我们越飞越高，后来……我记不得是怎么结束的了。过后，我又跟季娜一块儿在一条偏僻的林荫路上散步，上边的绿色拱顶遮住了阳光。那富于诗意的幽暗、黑色的辫子、鲜红的嘴唇、低声私语。……后来，一个娇小的女低音歌手跟我并排走着，她是个金发女人，生着小尖鼻子、稚气的眼睛、很细的腰身。我跟她一块儿散步，不料季娜在暗中跟踪我们，跟我大闹一场。……茨冈姑娘脸色发白，气得发疯。……她骂我“该死的”，怒气冲冲，准备回城里去。伯爵脸色发白，两手发抖，在我们身旁跑来跑去，照例找不出话来劝季娜留下。……到头来，她打了我一个耳光。……说来奇怪，男人哪怕只对我说句略微带侮辱性的话，我就会气得发疯，可是女人打我一个耳光，我倒全不介意。……随后又是漫长的“午睡”，又是阶梯上的蛇，又是睡熟的弗兰茨和他嘴边的苍蝇，又是园子的旁门。……红姑娘在石坟的顶上站着，可是一看见我们，就像蜥蜴似的溜走了。

将近黄昏，我同季娜又和好了。黄昏过去，接着又是狂欢的夜晚，开始奏乐，纵情歌唱，那种振奋神经的转变又来了。……我们一分钟也没睡！

“你们这是在毁掉自己呀！”乌尔别宁到我们这儿来了一下，听了听我们的歌唱，小声对我说。……

他的话当然是对的。后来，我记得，我在园子里跟伯爵面对面地站着，争吵起来。黑眉毛的卡艾坦在我们身旁走来走去。他自始至终没参加我们的玩乐，然而也并没睡觉，却时时刻刻像影子似的跟着我们。……天空已经发白，最高的树梢开始被上升的阳光染上一层金黄色。麻雀在四下里又飞又叫，椋鸟歌唱，所有的鸟雀沙沙响地拍打它们过了一夜而变得沉重的翅膀。……远处传来牛羊的叫声和牧人的吆喝声。我们身旁有一张大理石面的小桌子。小桌上放着善多尔牌蜡烛，燃着苍白色的火苗。到处都是烟蒂、糖果纸、打碎的酒杯、橘皮。……

“你得把这拿去！”我递给伯爵一沓钞票，说，“我非要你收下不可！”

“要知道他们是由我请来的，不是由你请来的！”伯爵坚持说，极力抓住我的一个衣扣。“在这儿我是主人，……我在招待你，那么凭什么要由你出钱呢？你要明白，你这样做对我简直是侮辱！”

“我也雇了他们，所以我得出一半钱。你不收吗？我不懂得这种照顾是什么意思！莫非你以为，既然你阔气得像魔鬼，你就有权这样照顾我？见鬼，卡尔波夫是我雇来的，我就要给他钱！用不着你出一半！电报是我写的！”

“在饭馆里，谢辽查，你可以付钱，爱付多少就付多少，可是我家里不是饭馆。……其次，我简直不明白你何必张罗着给钱，我不明白你为什么抢着付账。你的钱不多，我的钱却多得要命。……我做得在理呀！”

“那么你不收吗？不收？不收就不收吧。……”

我把钞票送到善多尔牌蜡烛的白色火苗上，点燃，丢在地下。忽然，从卡艾坦的胸中发出一声呻吟。他睁大眼睛，脸色发白，把沉重的身体扑到地上，极力用手掌拍灭钱上的火。……这一点他做到了。

“我不懂！”他说着，把烧焦了边的钞票放进他的口袋里，“烧钱？！倒好像这是去年的糠壳或者情书似的。……与其让火烧掉，还不如让我送给穷人好。”

我走进正房。……那儿，在每个房间的长沙发上、地毯上，横七竖八地躺着那些筋疲力尽、劳累不堪的歌女。……我的季娜在“彩石精镶”的客厅里一张沙发上睡觉。……她浑身瘫软，粗声地吐气。她咬紧牙关，脸色惨白。……大概她梦见了荡秋千吧。……猫头鹰走遍各个房间，用尖利的眼睛恶狠狠地看着那些人，他们突然打破这个被遗忘的庄园那种死气沉沉的寂静。……她不是无缘无故这样走来走去，活动她的老骨头的。……

这些就是两个狂欢之夜留在我记忆里的一切，至于其余的事，却没有在醺醉的记忆里保存下来，或者不宜于描写出来。……不过这些也已经够了！……

左尔卡从来没像烧钞票的这天早晨那么卖力地驮着我赶路。……它也想回家了。……湖水轻微地滚动着带泡沫的波浪，映着逐渐升高的太阳，正为白昼的睡眠做准备。……树林和岸边的柳树伫立不动，像在做晨祷。……那时候我的心境是难于描写的。……我不想讲很多话，只想说：我从伯爵的庄园出来，转了个弯，在湖岸上见到米海老人那张苍老的、被诚实的劳动和疾病折磨得精疲力尽的、神圣的脸的时候，我心里说不出的高兴，同时却又几乎羞得要死。……就外貌而论，米海颇像《圣经》里的渔民。……他头发雪白，长着一把大胡子，凝神瞧着天空。……他站在岸上不动，眼睛跟踪奔驰的白云，那样子简直可以使人认为他在天空见到了天使。……我喜欢那样的脸。……

我见到他，就勒住左尔卡，向他伸出手去，握他那只诚实而生满老茧的手，仿佛想借此洗清我的灵魂似的。他抬起敏锐的小眼睛瞅着我，笑了。

“你好，好老爷！”他笨拙地向我伸出一只手来说，“为什么又骑着马跑？莫非那个浪子回来了？”

“回来了。”

“原来是这样。……我从你的脸色就看出来了。……喏，我正站在这儿瞧着。……这个世界就是这么个世界。一切都是无谓的纷扰。……你瞧！那个日耳曼人应该死了，可是他却在忙些无聊的事。……你看见了吗？”

老人用手杖指着伯爵的浴场。有条小船从浴场那边很快地划出来。船上坐着一个人，头戴骑手的便帽，身穿蓝色上衣。那就是花匠弗兰茨。

“每天早晨他都把钱送到岛上去，收藏起来。……这个蠢人没有脑筋，不懂钱财在他跟沙土差不多。……他死了又不能把钱带走。给我一支烟吧，老爷！”

我把烟盒递给他。他取出三支，塞在他的怀里。

“这是送给我外甥的。……让他去吸吧。”

左尔卡不耐烦地动弹着，随后就飞奔而去。我向老人点头，感激他让我的眼睛在他脸上停留这么久。他久久地看着我的背影。

到家里，我看到波里卡尔普。……他用轻蔑而愤恨的目光打量我这老爷的身躯，似乎想弄明白这一回我是不是又穿着衣服下水洗澡了。

“我给您道喜，”他嘟哝说，“您玩得好痛快！”

“闭嘴，傻瓜！”我说。

他那副蠢相惹我生气。我很快脱掉衣服，盖上被子，闭上眼睛。

我头晕，整个世界好像笼罩在雾里。迷雾里闪过熟识的形象。……伯爵、蛇、弗兰茨、火红色的狗、红姑娘、疯癫的尼古拉·叶菲梅奇。

“丈夫把老婆杀死了！唉，你多蠢啊！”

红姑娘伸出一根手指对我摇着，季娜的黑眼睛凑过来，遮住了照在我身上的亮光，然后，……我睡着了。……

“他睡得多么酣畅和安稳！看着这张苍白、疲乏的脸，看着这种天真稚气的笑容，听着这种均匀的呼吸，人还会以为在这张床上躺着的不是法院侦讯官，而是清白的良心呢！人会以为卡尔涅耶夫伯爵还没回来，他们既没酗过酒，也没约来茨冈姑娘，更没在湖上胡闹。……您起床吧，最狡猾的人！您不配享受安眠这样的福分！起来！”

我睁开眼睛，舒畅地伸了个懒腰。……一道宽阔的阳光从窗口直射到我的床上，在那道阳光中有许多白色的尘屑互相追逐、浮动、飞扬，因而弄得阳光像是涂上一层乳白色。……阳光时而在我眼前消失，时而又出现，因为我们那极可爱的县医官巴威尔·伊凡诺维奇·沃兹涅森斯基在我卧室里走动，时而走进阳光的范围里，时而又走出去。他穿一件纽扣解开的长礼服，那件衣服穿在他身上显得很肥大，好比挂在衣架上，他把手揣在异常长的裤子口袋里。医师从一个墙角走到另一个墙角，从一把椅子边走到另一把椅子边，从一张照片前走到另一张照片前，一路上他目光碰见的东西，他一概眯缝着近视的眼睛看个明白。他已经养成习惯，总是把鼻子伸到各处去，眼睛东张西望，时而弯下腰去，时而把身体挺得笔直，时而往脸盆里看，时而翻开放下的窗帘皱褶看一看，时而从门缝里往外看，时而看一看灯，……好像在找一件什么东西，或者打算查明一切东西是不是都完好似的。……他见到壁纸上一条裂缝或者斑点，就透过眼镜凝神细看，皱起眉头，现出操心的脸色，伸出长鼻子去闻一下，用手指甲仔细地刮一刮。……所有这些他都是不动脑筋，出于无心，本着习惯做的，可是话虽如此，当他的眼睛很快地从这件东西移到那件东西上的时候，他那副样子仍旧像是在进行鉴定工作的专家。

“起来，我跟您说！”他用歌唱般的男高音叫醒我，同时往肥皂盒里看一眼，用手指甲剔掉那上面的一根头发。

“啊，……啊，……啊，……您好，眯眼先生！”我见到他，打个呵欠说，他正弯下腰去凑近脸盆。“多少个冬天，多少个夏天啊！”

全县的人都因为他老是眯缝眼睛而开玩笑地叫他“眯眼”，我也这样开玩笑地叫他。沃兹涅森斯基看见我醒了，就走到我跟前来，在床边坐下，立刻拿过一盒火柴，送到他那眯缝着的眼睛跟前。……

“只有懒汉和良心清白的人才能睡得这么踏实，”他说，“可是您不是前一种人，也不是后一种人，那么您，朋友，应该略为早一点起床。……”

“现在几点钟了？”

“快到十一点了。”

“见鬼，眯眼！谁也没有要求您这么早就叫醒我！您要知道，今天我五点多钟才睡觉，要不是您，我就会一直睡到傍晚去。”

“可不是！”我听见波里卡尔普的男低音在隔壁房间里讲话，“他还嫌睡得不够呢！他已经睡到第二天了，却还嫌不够！那么您知道今天是星期几吗？”波里卡尔普走进卧室里来，问道，他瞧着我，那神情就像是聪明人瞧着傻瓜一样。

“星期三。”我说。

“当然，对极了。为了您，一个星期里要特意造出两个星期三来呢。……”

“今天是星期四！”医师说，“这样看来，您，好朋友，真是把星期三一整天都睡过去了？妙！妙得很！那么请您容我问一句，您喝了多少酒？”

“我一连两天没有睡觉，喝了……我记不得喝了多少酒。”

我把波里卡尔普打发走，开始穿衣服，向医师叙述我最近刚经历过的那些“疯狂的夜晚，放肆的谈吐”，这些东西在浪漫歌曲里倒显得那么美妙缠绵，然而在实际生活里却那么丑恶。我在叙述中极力不超出“轻松的风俗画”的范围，只讲事实，不发议论，这跟一个喜爱总结和推理的人的性格是格格不入的。……我一面讲，一面装出我讲的都是些小事，一点也没使我不安似的。我顾到巴威尔·伊凡诺维奇的高洁，知道他对伯爵的厌恶，就有许多事瞒住没说，有许多事只是一笔带过，可是尽管我讲得油腔滑调，尽管我说话的口气带点讽刺，医师在我讲话的那段时间里却始终严肃地瞧着我的脸，不时摇头，不耐烦地耸肩膀。他一次也没微笑过。……显然，我的“轻松的风俗画”给他留下的印象很不轻松。

“为什么您不笑，眯眼？”我结束我的叙述，问道。……

“要不是这些事是由您讲给我听的，要不是出了一件事，我就不会相信这些话。这也太不像样了，朋友！”

“您说的是哪件事？”

“昨天傍晚有个农民来找我，说您粗野地用船桨打了他。……他叫伊凡·奥西波夫。……”

“伊凡·奥西波夫，……”我耸了耸肩膀，……“这名字我头一次听到！”

“高高的个子，棕红色的头发，……脸上有雀斑。……您回想一下！您用船桨打了他的头。”

“我一点也不明白！我根本就不认识什么奥西波夫，我也从没用船桨打过谁的头。……这都是您在做梦，老先生！”

“求上帝保佑这是做梦才好。……他来找我，带着卡尔涅耶沃村的乡公所的公文，要求我开个医疗证明。……公文上写着，是您把他打伤的，他并没有说谎。……现在您不记得了？那是硬伤，在额头的高处，接近生头发的地方。……您把他打得见了骨头，老兄！”

“我不记得了！”我小声说，……“他是什么人？他是干什么的？”

“他是卡尔涅耶沃村的一个普通农民，你们在湖上纵酒行乐的时候，是他在划桨。……”

“嗯，……也许吧！我不记得了。……大概当时我喝醉了，无意间一失手……”

“不，不是无意间。……他说您为一件什么事生了他的气，骂了他很久，后来您暴跳如雷，跑到他跟前，打了他，有人能做见证。……不但这样，您还嚷着说：‘我要打死你这个混蛋！……’”

我脸红了，从这个墙角走到那个墙角。

“你就是打死我，我也想不起来了！”我说，用尽全力回想往事，“我记不得了！您说我‘暴跳如雷’。……我喝醉了酒，就恶劣得不能原谅！”

“这可真好！”

“那个农民分明打算出我的丑，不过这不重要。……重要的是事实本身：我打了人。……难道我能动手打人？我为什么要打那个可怜的农民呢？”

“是啊。……医疗证明，当然，我不能不给他开，不过我没有忘记劝他来找您。……您好歹跟他私下了结算了。……伤势还算轻，可是我们不妨私下里考虑一下，伤口在头部，而且碰到头盖骨，这就是严重的事了。……不乏这样的事例：表面看来，头部的伤势不算什么，属于轻微的打伤，结果却造成头盖骨的坏疽病，于是弄得伤者去ad patres[①]了。”

眯眼讲得上了劲，站起来，在墙旁边走来走去，挥着手，开始向我详尽地讲述他的外科病理学知识。……他滔滔不绝地讲到头盖骨坏疽病啦、脑炎啦、死亡啦，以及其他种种可怕的情形，还做出无穷无尽的解释，说明伴随着这种大有可疑而且使我不感兴趣的

---

① 拉丁语：见祖先。

terram incognitam[①]就会发生肉眼能看见的以及只有在显微镜下才能看见的各种过程。

“您别说了，东拉西扯的一大套！”我制止了他的有关医学方面的长谈。……“莫非您不知道这些话多么乏味吗？”

“乏味倒没关系。……您得听着，痛悔前非。……也许下一次您就会小心一点，不至于干出不必要的蠢事了。……要是您不跟奥西波夫私下了结这件事，那个讨厌的家伙也许就会闹得您丢了官！堂堂菲米斯的祭司[②]，却因为打人而受审，……这可真是大笑话！”

只有巴威尔·伊凡诺维奇才能对我谆谆教诲，而我又能平心静气地听着，不皱眉头。我也只容许他用刺探的目光看我的眼睛，把追究的手伸进我灵魂的深处。……我和他是在最正确的意义上的朋友，互相尊敬，不过我们之间也有芥蒂，那性质是不愉快而且棘手的。……有个女人像黑猫[③]似的夹在我们中间。这永恒的casus belli[④]使我们之间产生芥蒂，不过总算还没惹得我们翻脸，我们仍然和平相处。眯眼是很好的人。……我喜欢他朴实的脸，那张脸上的神情绝不会千变万化。我也喜欢他的大鼻子、眯缝的眼睛、稀疏的棕红色胡子。我喜欢他那又高又瘦、肩膀很窄的身材，礼服和大衣穿在他身上显得很肥大，如同挂在衣架上一样。

他的长裤做得很不合身，使膝部出现一些难看的皱褶，而裤腿又被靴子踩得一塌糊涂。他的白色领结老是歪在一边。……不过您不要以为他生性疏懒。……您看一下他那善良而聚精会神的面

① 拉丁语：未发现的大陆（在此借喻“即将发生的伤势变化”）。

② 菲米斯是希腊神话中的司法女神，她的祭司指“法官”。

③ 按迷信说法，它是不祥之物。

④ 拉丁语：战争原因。

容，就会明白他没有工夫顾到外表，再者他也不会打扮。……他年轻、诚实、不求虚荣，热爱他的医学，老是四处奔走，这就足以弥补他不修边幅所形成的种种缺陷。他像艺术家一样不懂金钱的价值，往往为了自己的癖好而毫不介意地牺牲生活的舒适安乐，因而给人造成一种印象，仿佛他是个一文不名的人，连糊口也不易。……他不吸烟，不喝酒，不把钱花在女人身上，可是另一方面，他靠工作和私人行医挣来的两千卢布，却很快花得精光，就像我饮酒作乐时候花钱的情形一样。有两种嗜好耗光他的钱：他喜欢把钱借给别人，又喜欢根据报纸上的广告订购物品。……任何人来求助，他都把钱借出去，一句话也不说，更不提到还钱的事。……他对人的良心的盲目信心是无论如何也没法消除的，这种信心更突出地表现在他经常订购报纸广告所吹嘘的各种物品上。……一切东西，不管是需用的也罢，不需用的也罢，他一概订购。他订购书籍、单筒望远镜、滑稽杂志、“一百件一套”的餐具、天文钟。……无怪乎那些到巴威尔·伊凡诺维奇家里去的病人，往往错把他的房间看成仓库或者博物馆。……他上当不止一次，可是他的信心反而更强烈，更盲目了。……他是很好的人，在这篇小说以后的篇章中我们还会不止一次地遇见他。……

“哎呀，我在您这儿耽搁那么久，”他看一眼他那价钱便宜、没有表盖的怀表，忽然醒悟过来说。那表是他从莫斯科订购，“保证使用五年”的，然而已经修理过两次了。“我该走了，朋友！再见，您要当心啊！伯爵家这种纵酒行乐不会有好下场！更不用说这对您的健康有害了。……啊，对了！明天您到捷涅沃去吗？”

“明天到那儿去干什么？”

“本区教堂的节日嘛！大家都去，您也去吧！一定要去！我已经对人应许过，说您一定去。您不要弄得我成了说谎的人。……”

至于他应许过谁，那是不必多问的。我们心照不宣。医师向我告辞以后，穿上他的旧大衣，走了。……

家里只剩下我一个人了。……有些不愉快的思想开始在我脑子里翻腾，为了驱除它们，我就走到写字台旁边去，极力不想心思，不分析问题，动手拆阅收到的信件。……头一个扑进我眼帘里来的信封装着如下一封信：

我的心上人谢辽查！请你原亮（谅）我来打搅你。我大吃一惊，不知道该找谁好了。……这未免太不像话。当然，现在是找不回来了，我也不心疼，不过你想想看，要是可以从（纵）容盗贼的话，正派的女人就找不到一个地方可以平安地过活了。你走后，我在长沙发上醒过来，发觉我丢了许多东西。有人偷去我的手镯、金袖扣、项练（链）上的十颗珍珠，还从我的手提包里取去大约一百卢布。我原想告诉伯爵，可是他在睡觉，我只好就这样走了。这不好。这是伯爵的家，可是有人随便偷东西，像在小饭铺里一样。你对伯爵说一声吧。我吻你，问你好。爱你的季娜。

讲到伯爵大人家里盗贼充斥，这在我已经算不得新闻。在我的记忆里关于这类事情我已经有很多材料，这时候我就把季娜的信归并到那里面去。迟早我要利用这些材料的。……我知道那些贼是谁。

黑眼睛的季娜的信和她那粗大的笔迹，使我联想到“彩石精镶”的客厅，在我心里勾起想要饮酒以解宿醉的那种欲望。不过我克制了自己，用我的意志力强逼自己埋头工作。起初我极力辨认民事执行吏的潦草字迹，感到说不出的乏味，不过后来我的注意力渐渐集中在一个撬锁盗窃案上，工作得津津有味了。那一整天我都在我的写字台旁边坐着，波里卡尔普不时从我身旁走过，怀疑地瞧我的工作。他不相信我沉得住气，随时料着我会从桌子旁边站起来，吩咐他给左尔卡备上鞍子。然而将近傍晚，他看见我一直不懈怠，才相信了，于是他脸上的阴郁表情就换成满意的表情了。……他开始踮起脚尖走路，小声说话。……有些小伙子拉着手风琴走过我的窗口，他就走到街上，吆喝道：

“你们这些魔鬼，干吗在这儿走来走去？到别的街上去！莫非你们这些邪教徒，不知道我家老爷在办公？”

傍晚，他把茶炊送到饭厅里，然后轻轻地推开我的房门，亲切地招呼我去喝茶。

“您去喝茶吧！”他说，温柔地叹口气，恭敬地微笑着。

我喝茶的时候，他轻轻地从我后边走过来，吻我的肩膀。……

“这样才好，谢尔盖·彼得罗维奇，”他喃喃地说，“您朝那个淡黄色头发的魔鬼啐口唾沫，叫他滚蛋吧。……您有这么高明的头脑，又受过教育，哪能不务正业呢？您的工作是高尚的。……应当叫大家都佩服您、敬畏您才是。要是您跟那个魔鬼一起砸开人家的脑袋，穿着衣服下湖洗澡，大家伙儿就会说：‘一点脑筋都没有！这个人没出息！’这种名声就传遍世界了！动武打人，只配商人去干，上流人干不得。……上流人该研究学问，办正事才对。……”

“得了，别说了，别说了。……”

“您不要再跟伯爵来往，谢尔盖·彼得罗维奇！如果您要交朋友，那么巴威尔·伊凡内奇[1]大夫岂不是好人？他不过穿得破烂点，可是

① 巴威尔·伊凡诺维奇的简称。

他很有脑筋！”

波里卡尔普的诚恳打动我的心。……我想对他说句亲切的话。……

“现在你在看什么小说？”我问他说。

“《基督山伯爵》。看看那个伯爵[1]！那才算是真正的伯爵呢！他可不像您那个伯爵似的胡来！”

喝完茶，我又坐下来工作，一直干到眼皮耷拉下来，疲乏的眼睛合上为止。……我上床睡觉的时候，吩咐波里卡尔普五点钟叫醒我。

第二天一早五点多钟，我快活地吹着口哨，用手杖敲掉一路上野花的小头，徒步走到捷涅沃村去，这天恰好是本区教堂的节日，我的朋友眯眼——巴威尔·伊凡诺维奇，约我到那儿去。那天早晨风和日丽。仿佛幸福本身就挂在大地上空，映在闪闪发光的小露珠里，招引行人灵魂似的。……树林笼罩在晨光里，安安静静，纹丝不动，好像在谛听我的脚步声和鸟雀的鸣叫声，那些鸟雀一遇到我，就都露出怀疑和惊吓的神情。……空气浸透春天花草的清香气息，温柔地沁入我健康的肺部。我呼吸着这种空气，抬起欢乐的眼睛极目四望，感到春天和青春，觉得幼小的桦树、道旁的细草、一刻不停地嗡嗡叫的小金虫，好像都跟我有同感似的。

“既然这儿给生活和思想预备下这么广阔的天地，”我想，“那么世上的人何必挤在他们窄小的陋室里，受着他们狭隘而浅薄的思想的束缚呢？他们何不到这儿来呢？”

我这种饶有诗意的幻想汹涌奔放，不愿意转过来考虑冬天和面包，然而正是这两种苦恼才驱使诗人们困守在寒冷乏味的彼得堡和

---

① 指《基督山伯爵》中的主要人物蒙特-克利斯特伯爵。

污秽的莫斯科，在那种地方诗歌固然可以换来稿费，诗人却是得不到任何灵感的。

农民们那些络绎不绝的大车和地主们的小马车从我身旁经过，匆忙地赶去做弥撒，或者到市集上去。我不得不时常脱掉帽子，回报农民们和熟识的地主们的殷勤问候。人人都邀我“顺便搭车”，然而步行比乘车好得多，我就一一谢绝了。除了别人以外，伯爵家的花匠弗兰茨也坐着轻便马车从我身旁过去，身穿蓝色上衣，头戴骑手的便帽。……他用带着睡意而无精打采的眼睛，懒洋洋地看我，然后更加懒洋洋地把手举到帽檐那儿行了个礼。他的马车后面拴着一个五维德罗[①]的木桶，上面加了铁箍，看来是个酒桶。……弗兰茨那可憎的嘴脸和他的木桶多多少少搅扰了我诗意的心境，然而不久我的诗情又占了上风，因为我听见身后来了马车声。回头一看，瞧见一辆沉重的大马车，由两匹枣红马拉着，我的新相识“红姑娘”就在那辆沉重的大马车上，坐在皮面的赶车座位上，两天前跟我谈起母亲被“电”劈死的那个姑娘就是她。……奥莲卡的小脸俊俏，刚刚洗过，还带点睡意，不过她一看见我，小脸就神采焕发，微微泛起红晕。当时我在路旁挨近树林的小道上走着，她快活地向我点头，微微一笑，样子那么亲切，只有老相识相见才会那样。

“早晨好！”我对她叫了一声。

她用手对我做了个飞吻，然后就同她那辆沉重的大马车一起从我的眼前消失，没容我把她那俊俏娇嫩的小脸看个够。这一次她没穿红衣服。她穿一件腰下肥大的墨绿色裙子，上面钉着大纽扣，头戴宽边草帽，不过她还是像上次一样招我喜欢。我很想跟她攀谈几

① 俄国液量名，1维德罗等于12.3公升。

句，听听她的声音。我有心在灿烂的阳光下看一下她那深邃的目光，就像那天傍晚在亮闪闪的电光下看那对眼睛一样。我恨不得叫她从那辆难看的大马车上下来，要她跟我并排走完余下的路，要不是“世俗的规矩”作梗，我真就那样做了。不知什么缘故我觉得她会乐于答应这种要求的。……大马车拐弯走进高耸的赤杨树林，她回过头来看过我两次，这不会是无缘无故的！……

从我的住所到捷涅沃村，有六俄里远。这点路程在晴朗的早晨，对年轻人来说，几乎不知不觉就走完了。六点钟刚过，我就已经穿过那些大板车和市集上货棚之间的通路，朝捷涅沃村的教堂走过去。尽管天时还早，弥撒还没有结束，空中却已经弥漫着做买卖的喧哗声。大车的吱嘎声、马的嘶鸣声、母牛的吼叫声、玩具喇叭的呜呜声，跟贩马的茨冈的嚷叫声和已经醉醺醺的农民的歌唱声混在一起。多少快活的、悠闲的面孔，多少形形色色的人！这一大群人穿着花花绿绿、色彩鲜艳的衣服，让早晨的阳光照着，显得多么美妙、活跃啊！所有这些人，好几千人，拥挤，走动，吵吵嚷嚷，急于在几个钟头里办完自己的事，以便到黄昏时分各自走散，在广场上留下些零碎的干草、散落在各处的燕麦、核桃的硬壳，作为纪念。……教堂那边，密密麻麻的人群拥进去，走出来。……

教堂房顶上的十字架放出金光，跟太阳一样亮。它光芒四射，像是在金色的火焰里燃烧。十字架下面的教堂圆顶也燃着那样的火焰，新漆过的绿油油的圆顶迎着太阳闪亮。在明晃晃的十字架背后，清澈深远的蓝天辽阔地铺展开来。我穿过挤满人的院子，走进教堂。我进去的时候，弥撒刚开始，那儿还刚在念《使徒行传》。教堂里颇为沉静，只有念经声和摇着手提香炉的助祭的脚步声打破寂静。人们安静地站在那儿，一动也不动，虔诚地定睛看着敞开的圣障中门，听着拖长音调的念经声。乡村的礼节，或者说得更确切些，乡村的规矩，严格禁止任何人有意破坏教堂里那种肃穆的气氛。每逢我在教堂里不得不微笑或者谈话的时候，老是觉得难为情。不幸，我在教堂里难得不遇见熟人，真遗憾，我的熟人太多了。照例，我刚刚走进教堂里，立刻就会有个“知识分子”走到我跟前来，先是讲上一大套关于天气的开场白，然后开始讲他琐碎的私事。我回答一声“对”或者“不”，然而我太拘礼，不好意思完全不理睬同我谈话的人。我这样拘礼，弄得我大吃苦头：我一面谈话，一面发窘地斜起眼睛看旁边祈祷的人，生怕我这样闲谈会得罪他们。

这一回我也没能避开熟人。我一走进教堂，就看见我的女主人公，也就是我在来捷涅沃的路上遇见的“红姑娘”。

可怜的姑娘站在人丛中，脸红得像虾一样，满头大汗，用恳求的眼睛看遍所有的脸，希望找到救星。她夹在稠密的人群中，既不能后退，也不能前进，好似一只小鸟给人用拳头使劲捏紧了。她见到我，苦笑一下，对我点点她那好看的下巴。

“看在上帝面上，把我领到前面去！”她开口说，抓住我的袖子，“这儿非常闷热，而且……拥挤。……我求求您！”

“可是要知道，前面也拥挤！”我说。

“不过那儿的人都穿得干净、体面。……这儿都是老百姓，我们该站在前面。……您也应当站在那边。……”

这样看来，她脸红倒不是因为教堂里闷热拥挤。地位高下的问题在折磨她小小的头脑！我听从好虚荣的姑娘的请求，小心推开左右的人，把她一直领到讲经台旁边，我们县里beau-monde[1]的全部精

① 法语：上流社会。

华就在那儿聚齐。我把奥莲卡安插在符合她力争上流愿望的位子上以后，就在beau-monde后边站住，开始观察。

那些男人和女人照例交头接耳地谈话，嘻嘻地笑。调解法官卡里宁用手指头比画着，摇着头，低声对地主杰利亚耶夫讲他的病。杰利亚耶夫几乎大声骂医师，劝调解法官到一个叫叶甫斯特拉特·伊凡内奇的人那儿去看病。女人们见到奥莲卡，就拿她做好话题，叽叽咕咕地谈起来。看来，只有一个姑娘在祈祷。……她跪在地下，黑眼睛凝神望着前面，努动嘴唇。她没注意到一绺鬈发从帽子底下滑落下来，散乱地披在苍白的鬓角上。……她没有注意到我和奥莲卡就站在她旁边。

她是调解法官卡里宁的女儿娜杰日达·尼古拉耶芙娜。我上文提到有个女人像黑猫似的夹在我和医师之间，我指的就是她。……医师十分爱她，只有像我的可爱的眯眼——巴威尔·伊凡诺维奇那样的好人才能爱得那么深。……现在他像一根竿子似的插在她身旁，两只手贴着裤缝，伸直脖子。……偶尔他把充满爱情和询问的眼睛转过去，瞟一眼她聚精会神的脸。……他似乎在守卫她祈祷，眼睛里闪着热情而又苦恼的愿望：希望她在为他祷告。可是说来伤心，他知道她在为谁祷告。……她不是为他祷告。……

等到巴威尔·伊凡诺维奇回过头来看我一眼，我就对他点一下头。我俩从教堂里走出去。

“我们到市集上去逛一逛吧。”我提议说。

我们点上纸烟，沿着一长排货棚走去。

“娜杰日达·尼古拉耶芙娜近来怎样？”我跟医师一起走进卖玩具的货亭，问他说。……

“挺好。……她的身体似乎不错，……”医师回答说，眯缝着眼睛看一个小小的玩具兵，它脸上涂成雪青色，穿着鲜红的军服。“她问起过您。……”

“她问起我什么事呢？”

“随便问问。……她生气了，因为您很久没到她家里去。……她想跟您见面，问起您对她家突然冷淡的原因。……您本来几乎每天都去，后来却一下子不上门了！……就像断绝来往似的。……连招呼也不打了。……”

“您胡扯，眯眼。……确实，我因为不得空而没再去拜访卡里宁家。……真的就是这样。至于我同这家人的关系，仍旧跟先前一样好。……我遇见她家的人，素来都是打招呼的。”

“不过，上星期四您遇见过她的父亲，他招呼您，可是不知什么缘故您却认为不必理睬他。”

“我不喜欢调解法官那个蠢货，”我说，“我一瞧见他那副嘴脸就受不了，不过我总算还能勉强跟他打招呼，握一下他伸过来的手。星期四我多半没有注意到他，再不然就是没认出他来。您今天心绪不好，亲爱的眯眼，您总是挑毛病。……”

“我喜欢您，好朋友，”巴威尔·伊凡诺维奇说，叹口气，“可是我不相信您的话。……‘没有注意到他，没有认出他来。……’……我既不要听您的辩白，也不要听您的托词。……这些话既然不大真实，又有什么意思呢？您是个正派的好人，不过您那病态的脑子里有一小块东西像钉子似的戳在那儿，对不起，那块东西弄得您什么坏事都干得出来。……”

“多谢多谢。”

“您不要生气，好朋友。……求上帝保佑我说错了才好，不过我总觉得您有点儿心理变态。有时候，您违背您的意志和您良好的天性而生出一些欲望，做出一些举动，使得那些把您看作正人君子的人莫名其妙。……说来也真奇怪，我荣幸地知道您有高尚的道德原则，可是此外您又有些突如其来的冲动害得您干出骇人听闻的坏事来，试问这两种东西怎么能同时并存呢？这是什么野兽？”巴威尔·伊凡内奇忽然转过身去，改变声调，对货主说，同时把一个木制的野兽拿到自己眼睛跟前，那东西有人的鼻子和马的鬃毛，背上有灰色纹路。

“狮子，”货主打着呵欠说，……“可也许是什么别的野兽。鬼才闹得清楚！”

我们从出售玩具的货棚里出来，往“卖布的”小铺走去，那边的生意做得很兴隆。

“这些玩具只能骗骗孩子，”医师说，“它们使人对各种植物和动物的概念弄得混乱不堪。比方拿那只狮子来说吧。……它身上有纹路，毛色深红，吱吱地叫。……难道狮子会吱吱地叫吗？”

“听我说，亲爱的眯眼，”我说，“看样子您有话要跟我说，可是您似乎不好开口。……您说吧。……我乐于听您讲，哪怕您说出使人不愉快的话来也没关系。……”

“朋友，愉快也罢，不愉快也罢，反正您听着好了。……我有许多话要跟您说。……”

“您从头讲吧。……我洗耳恭听就是。……”

“我已经向您表白过我的看法，认为您有点儿心理变态。现在您想听一听证据吗？……我要开诚布公地说，有时候也许稍稍尖刻点，……您听了我的话会不好受，不过您别生气，朋友。……您知道我对您的感情：我喜欢您胜过喜欢县里所有别的人，我尊敬您。……我对您讲这些话不是要责备您，批评您，不是要挖苦您。

我俩要客观些，朋友。……我们要用毫无成见的眼睛来考察您的心理状态，就像考察肝脏或者脾胃一样。……”

“好，那我们就客观些。”我同意说。

“好极了。……我们就从您和卡里宁一家人的关系说起。……要是您回忆一下，就会想起您是在一到我们这个为上帝所保佑的县里就去拜访他们的。他们并没先去拜会您，要跟您结交。……可是您从头一次登门拜访起，就态度高傲，说话带讥诮的口气，又跟纵酒的伯爵相好，惹得调解法官不满意，要是您自己不登门拜访，调解法官的家里就不会有您这个客人。您记得吗？您跟娜杰日达·尼古拉耶芙娜认识了，就几乎天天都到调解法官家里去。……不管谁什么时候到那儿去，总是能碰见您。……他们招待您可真是殷勤极了。大家尽量好心地款待您。……父亲是这样，母亲是这样，那些小妹妹也是如此。……他们待您就跟待亲戚一样亲热。……他们称赞您，抬举您，您说上一句半句俏皮话，他们就扬声大笑。……他们把您看作顶聪明、顶高尚、顶文雅的人。您似乎了解这些，用亲热回报亲热，每天都去，甚至在节日前夕，人家正在打扫和忙碌的时候您也去。最后您在娜坚卡[1]的心里引起她对您的那种不幸的爱情，这对您来说也已经不是秘密。……根本不可能是秘密！您明知她满心爱您，还是不断地去。……后来怎么样呢，朋友？一年以前，您忽然无缘无故、出人意料地不再去访问了。他们等了您一个星期，……一个月，……一直等到今天，可是您始终没露面。……他们给您写信，您不回信。……最后您甚至不打招呼了。……您素来注重礼貌，而您的这种行动当然显得极其无礼！为什么您这么突如其来地跟卡

① 娜坚卡和下文的娜嘉都是娜杰日达的爱称。

里宁一家断绝关系？他们得罪您了？没有。……您对他们厌烦了？如果是这样，您尽可以逐步断绝关系，不该用这种使人伤心的方式，毫无理由地一刀两断嘛。……”

“我不去做客，”我笑着说，“我就成了心理变态者。您多么天真啊，亲爱的眯眼！一下子绝交也罢，逐步绝交也罢，岂不都是一样？一刀两断甚至还老实些，少做些假。不过这都是些小事！”

“就算这都是些小事，就算您有不便说出口、外人也无权过问的理由促使您这样突然改变态度吧。可是您后来的举动该怎样解释呢？”

“您能举个例子吗？”

“比方说，有一次您到我们地方自治局执行处去，我不知道您要到那儿去办什么事。执行处主席问您，怎么在卡里宁家里见不到您了，您就说……您想想您都说了些什么！‘我怕他们要我结婚！’这就是从您嘴里讲出来的！而且这是在开会的时候说的，声音又响又清楚，会场上百把个人都能听见！这种话算是俏皮？回答您的是哄堂大笑，大家纷纷说起下流的刻薄话来，说什么到处拉丈夫啦等等。您这句话让一个坏蛋听去了，他就到卡里宁家里去，正赶上他们吃饭，就把您的话告诉娜坚卡了。……您为什么要这样伤人，谢尔盖·彼得罗维奇？”

巴威尔·伊凡诺维奇挡住我的去路，在我面前站住，睁大恳求的而且几乎是泪汪汪的眼睛瞧我的脸，继续说：

“为什么要这样伤人？为什么？就因为那个好姑娘爱您？就算她的父亲跟所有的父亲一样，对您有意吧。……他做父亲的自然会注意一切人：既注意您，也注意我，还注意玛尔库津。……所有的父母都一样。……毫无疑问，她既然满心爱您，也许就指望做您的妻子。……那么因此就该给她一个响亮的耳光？老兄啊，老兄！他们对您有意，岂不就是您自己招来的？您每天都去，平常的客人就不会去得那么勤。您白天跟她一块儿钓鱼，傍晚跟她一块儿在园子里散步，不准外人打搅你们的tête-a-tête[①]……您明知道她爱您，却一点也不改变您的举动。……既然有这种种迹象，还能说您无意吗？我当时就相信您会跟她结婚的！可是您……您诉苦，您讥笑！这是为什么？她有哪点对不住您？”

“您不要嚷，亲爱的眯眼，人家在看我们了，”我说，回避巴威尔·伊凡诺维奇的话，“我们停止这种谈话吧。这成了娘们儿要贫嘴了。……我只要对您说两三句话，您就明白了。我到卡里宁家去，是因为我寂寞无聊，而且对娜坚卡发生了兴趣。……她是个很招人喜欢的姑娘。……说不定我真会同她结婚，不过后来知道您在我之前早已想赢得她的心，知道您对她并非无意，我就决定悄悄走开了。……在我这方面来说，跟您这样的好人捣乱，未免太狠心了。……”

“多承关照，merci[②]！我并没向您要求过这种仁慈的恩赐，而且，现在据我从您脸上的表情来判断，您刚才讲的也不是真话，只不过随便说说，根本没有经过认真思考。……再者，尽管我是个好人，这却没有妨碍您在最后几次访问中的某一次在凉亭里向娜坚卡求婚，要是那个好人真想跟她结婚的话，这下子就叫苦连天了！”

“嘿，嘿！……您从哪儿知道那次求婚的，亲爱的眯眼？要是人家把这样的秘密都告诉您，那就可见您的事情进行得不坏呢！……

① 法语：单独会面，密谈。

② 法语：谢谢。

不过，您气得脸色发白，几乎打算动手打我。……您居然还劝我，说要客观些呢！您多么可笑，亲爱的眯眼！得了，让我们丢开这些废话，……到邮局去吧。……”

我们就往邮局走去，那儿的三个小窗子喜气洋洋地面对着市集的广场。隔着一道灰色的栅栏，就是我们的收信员玛克辛·费多罗维奇的五颜六色的花圃，他在我们县里是以培植花坛、苗床、草地等等的行家闻名的。

我们正赶上玛克辛·费多罗维奇在做很愉快的工作。……他挨着他的绿色桌子坐着，高兴得脸色发红，微微地笑，像翻书页那样翻着一大沓每张一百卢布的钞票。看来，他见到别人的钱也会兴致勃勃。

“您好，玛克辛·费多雷奇[①]！”我跟他打招呼说，“您从哪儿弄来这么一大笔钱？”

“喏，这是汇到圣彼得堡去的。”收信员说，畅快地微微一笑，用他的下巴指一指墙角，那儿有把椅子，在这邮局里仅有的一把椅子上坐着一个乌黑的人影。……

那个人见到我，就站起身，往我这边走过来。我认出他就是我的新相识和我的新仇人，那一次我在伯爵家里喝多了酒，曾狠狠地侮辱过他。……

“您好。”他说。

“您好，卡艾坦·卡齐米罗维奇，”我回答说，假装没看见他伸过来的手，“伯爵身体好吗？”

“谢天谢地。……不过他有点寂寞。……他随时都在盼望

---

① 玛克辛·费多罗维奇的简称。

您去。……”

我在普谢霍茨基脸上看出他有心跟我谈话。既然那天傍晚我骂过他“猪”，他怎么还会有心跟我谈话呢？他的态度怎么会变了？

“您的钱好多呀！”我瞧着他汇出去的一叠一百卢布的钞票说。

仿佛有谁把我的脑筋拨弄了一下！我看见那些钞票当中有一张已经烧焦了边，有一角已经完全烧掉了。……那就是我先前送到善多尔牌蜡烛上去打算烧掉的那张一百卢布钞票，当时我拿来付给那些茨冈，可是伯爵不收，我就把它丢在地下，却给普谢霍茨基拾去了。

“与其让火烧掉，”他当时说，“不如由我拿去送给穷人的好。”

现在他把它汇给一个什么样的“穷人”呢？

“七千五百卢布，”玛克辛·费多雷奇拖着长声报数说，“一点不错！”

刺探别人的隐私是不应该的，不过我又非常想弄明白黑眉毛的波兰人汇到彼得堡去的是谁的钱，汇给谁。无论如何这笔钱不会是他的，也不会是伯爵要他汇的。

“必是他偷了醺醉的伯爵的钱，”我暗想，“又聋又蠢的猫头鹰尚且能偷伯爵的钱，那么这只蠢鹅把爪子伸进伯爵的口袋里去，岂不是不费吹灰之力？”

“啊，……顺便我也要汇一点钱，”巴威尔·伊凡诺维奇忽然想起来，说，“你们猜怎么样，诸位先生？简直叫人没法相信！花十五卢布就能买五件东西，而且不要邮寄费！一个单筒望远镜，一个天文钟，一份日历，另外还有别的东西。……玛克辛·费多雷奇，借给我一张信纸和一个信封！”

眯眼把十五卢布汇出去，我收到一些报纸和信件，我们就从邮局的办公室里走出来。……

我们往教堂那边走去。眯眼跟在我后面，脸色苍白，无精打采，跟秋天的白昼一样。这场他极力要表现得“客观”的谈话出乎意料地使他非常不安。

教堂里在敲钟。稠密的人群从门口台阶上慢慢走下来，这个行列似乎长得没有尽头。在这个教会行列前面，有旧的神幡和乌黑的十字架高举在人群的上空。阳光灿烂地映在教士们的法衣上，圣母像放出耀眼的光芒。……

“我们的人也在那边！”医师指指我们县里的beau-monde说，他们同人群分开，站在一旁。

“那只能算是您的人，不是我的人。”我说。

“那也一样。……我们到他们那边去吧。……”

我往熟人那边走过去，开始点头打招呼。调解法官卡里宁，这个高身材、宽肩膀、留着白胡子、生着虾一般爆眼睛的人，站在众人前面，凑着他女儿的耳朵讲话。他装出没注意到我的样子，尽管我向他那边的一群人行了个“总的”鞠躬礼，他却没有一点回礼的动作。

“再见，小天使，”他用含泪的声调说，吻他女儿的苍白额头，“你一个人坐车回家去吧，我到傍晚就回来。……我去做客，时间不会太久。”

他又吻一下女儿，对beau-monde畅快地笑一笑，然后严厉地皱起眉头，猛地转过身去，对一个站在他身后、胸前佩着乡村警察圆牌的农民说话。

“我的马车总该很快就来了吧？”他声音沙哑地说。

乡村警察打了个哆嗦，开始挥动胳膊。

“小心，马车来了！”

紧跟在教会行列后面的人群就让出一条路来，调解法官那辆漂亮的马车响起小铃铛，来到卡里宁面前。卡里宁坐上车去，庄严地点一下头，对人群喊了声“小心啊”，一眼也没看我就从我眼前消失了。

“简直是一头神气活现的猪。”我凑着医师的耳朵小声说，“我们离开这儿吧！”

“可是难道您不想跟娜杰日达·尼古拉耶芙娜谈一谈？”巴威尔·伊凡内奇问。

“我该回家了。没有工夫。”

医师气愤地瞧着我，叹了口气，走开了。我对大家行了个礼，往货棚那边走去。我一面穿过拥挤的人群，一面回过头去看调解法官的女儿。她在瞧我的背影，仿佛要试一试我是否经得住她那纯洁、锐利而又充满沉痛的委屈和责备的目光。

“这是为什么？！”她的眼睛说。

我胸中有个什么东西开始翻腾起来，我为自己的愚蠢行为感到痛苦和害臊。我忽然想转回去，用尽我那温柔的、还没完全变坏的灵魂的力量去安慰和爱抚那个热烈地爱我却受到我欺侮的姑娘，对她说这件事不能怪我，都要怪我那该死的傲气，它妨碍我生活，呼吸，迈步。那是种愚蠢的傲气，死要面子，充满虚荣心。眼下既然我知道而且看见本县的长舌妇和“险恶的老太婆”[①]的眼睛盯住我的每一个动作，那么像我这样没出息的人怎么能伸出和解的手去呢？与其惹得他们不再相信我那种为蠢女人极其喜爱的“刚强”性格和

---

① 出自俄国剧作家格里鲍耶陀夫（1795—1829）的喜剧《智慧的痛苦》。——俄文本编者注

傲气，还不如让他们用讥诮的目光和笑容去奚落她好。

刚才我跟巴威尔·伊凡内奇谈起那些促使我突然不再到卡里宁家去拜访的理由，我没有说老实话，而且说得完全文不对题。……我隐瞒了真正的理由，之所以隐瞒，是因为那理由太渺小，我羞于说出口。……那理由小得不值一提。……事情是这样的：我最后一次登门拜访的那天，当我把左尔卡交给马夫牵走、走进卡里宁家的正房的时候，忽然听见这样一句话：

“娜坚卡，你在哪儿呀？你的未婚夫来了！”

这句话是她父亲、调解法官说的，多半没料到我会听见。可是我听见了，我的自尊心受不住了。

“我是未婚夫？”我想。……“谁允许你叫我未婚夫的？有什么根据？”

我胸中似乎有个什么东西断了。……我的傲气在我心里翻腾，我把到卡里宁家来的路上所想起的一切，统统置之脑后了。……我忘记我已经引得那个姑娘动了心，而且我自己也开始依恋她，只要有一个傍晚没见到她就过不下去。……我忘记她那对秀丽的眼睛夜以继日地从不离开我的心头，忘记她那善良的笑容和清脆的声音。……我忘记了那些平静的夏日傍晚，它们无论对我来说还是对她来说都已经一去不复返了。……她那糊涂父亲的一句蠢话激起我疯魔般的傲气，在这种傲气的冲击下，一切都土崩瓦解了。……我气得冒火，转身离开那所房子，骑上左尔卡急驰而去，暗自起誓一定要叫卡里宁“吃点苦头”，他居然没得到我的同意就把我算作他女儿的未婚夫了。……

“况且沃兹涅森斯基爱她，……”我在回家的路上为我的出人意料的决裂辩白道，“他早在我之前就开始在她身旁转来转去了。我认识她的时候，人家已经把他看作未婚夫了。我决不妨碍他！”

从那时候起我一次也没到卡里宁家里去过，不过有些时候我却为想念娜嘉而痛苦，我的灵魂如饥似渴，急着想恢复旧日的关系。……然而全县已经知道决裂的经过，知道我“逃婚”了。……那我的傲气就不能让步了！

谁知道呢？要是卡里宁没有说过那句话，要是我不那么愚蠢地骄傲和挑剔，也许我就用不着回过头去看她，她也不必用那样的眼光看我了。……不过就连这样的眼光，这种委屈和责备的感情，也总比我们在捷涅沃教堂外相逢几个月以后我所看见的那种眼光好得多！如今在她那对黑眼睛的深处闪现的痛苦，其实仅仅是一场可怕的灾难的开端，这场灾难犹如一列突然开来的火车会把这个姑娘轧得粉身碎骨。……她目前的悲伤无非是小花，这朵花一旦结了果，就会把可怕的毒汁注入她娇弱的身躯和忧伤的心灵！

我走出捷涅沃村，沿着今天早晨走过的那条路往回走。太阳表明目前是中午。……农民们的大板车和地主们的小马车如同今天早晨那样辘辘地响着，小铃铛发出清脆的声音，闹得我的耳朵不得安静。花匠弗兰茨又赶着车子走过去，车后的酒桶这一次大概装满酒了。……他又用失神的眼睛瞟我一眼，把手举到帽檐行了个礼。他那难看的相貌惹得我讨厌，可是我跟他相逢而得来的沉重印象，这一次又让守林人的女儿奥莲卡消除了，她赶着沉重的大马车追上了我。……

“让我搭一下您的车吧！”我对她叫道。

她快活地向我点头，停住车。我在她身旁坐下，这辆大马车就吱吱嘎嘎地响，顺着大路奔驰而去。大路像一条明亮的带子穿过三俄里长的捷涅沃树林中的小道。我们沉默地互相看着，有两分钟之久。

“她真美！”我瞧着她的细脖子和丰满的下巴，暗自想道，“如果要我在娜坚卡和她两个人当中选一个，我就会选中她。……她比较自然，生气蓬勃，天性也比较开朗奔放。……要是她落在一个好人手里，就会成为了不起的女人！那一个却阴沉，幻想多，……聪明。”

奥莲卡脚下放着两块麻布和几包东西。

“您买了多少东西！”我说，“您要这么多麻布做什么用？”

“这还不够我用的呢！……”奥莲卡回答说，“这是我顺便买下的。……您没法想象我有多忙！喏，今天我在市集上转了整整一个钟头，明天还得进城去买东西。……然后又得做衣服。……您听我说，您那边有没有熟识的、出外做裁缝的女人？”

“好像没有。……可是您买那么多料子干什么用？做衣服干什么？您家里人口不算太多嘛。……数来数去也就是那么一两个。……”

“你们这些男人真是奇怪！您什么也不懂！将来您结了婚，要是您婚后看见您的妻子穿得破破烂烂，您就会生气。我知道彼得·叶果雷奇不在乎，可是我从一开头起就穿得不像个主妇的样子，也未免不成话。……”

“这跟彼得·叶果雷奇什么相干？”

“哼！……您在开玩笑了，好像根本不知道似的！”奥莲卡说，脸色微微发红。

“小姐，您在叫人猜谜了。……”

“那么莫非您没听说？要知道，我就要嫁给彼得·叶果雷奇了！”

“嫁？”我惊愕地说，瞪大眼睛，……“嫁给哪个彼得·叶果雷奇？”

“哎，我的上帝！就是乌尔别宁啊！”

我瞧着她发红的笑脸。……

“您……嫁给他？嫁给乌尔别宁？您可真会开玩笑！”

“这压根儿就不是什么玩笑。……我简直不懂，这怎么会是开玩笑呢。……”

“您嫁给……乌尔别宁，……”我说着，脸色发白，自己也不知道是什么缘故，……“这要不是玩笑，那算是什么呢？”

“哪儿是玩笑！……我简直不明白这有什么可惊讶的，可奇怪的，……”奥莲卡说完，噘起小嘴。

在沉默中过去一分钟。……我瞅着美丽的姑娘，瞅着她年轻而又几乎孩子气的脸，不由得暗自纳罕：她怎么能开这么大的玩笑呢？我立刻想象她跟上了年纪、身体发胖、红脸膛的乌尔别宁站在一起，他生着招风耳和一双粗硬的手，那双手一碰到她，就会擦伤这个刚刚开始生活的年轻女人的身体。……这个俊俏的林中仙女既然在天上电光闪闪、雷声隆隆的时候，能够带着诗情凝望天空，那么，她想到那样的画面难道能不害怕？我，就连我都吓坏了！

“不错，他老了点，”奥莲卡说，叹口气，“不过另一方面，要知道，他爱我。……他的爱情是靠得住的。”

“问题不在于爱情是不是靠得住，而在于幸福不幸福。……”

“我跟他一起会幸福的。……他，谢天谢地，有家产，不是什么穷光蛋，叫花子，而是贵族。我，当然，并不爱他，不过，难道只有为爱情结婚的人才幸福？我可见识过那种为了爱情的婚姻！”

“我的孩子，”我惊恐地瞧着她明亮的眼睛，问道，“您是什么时候把这种可怕的世故装进您那可怜的小脑袋里去的？就算您在跟我说笑话吧，不过您是在哪儿学会这么老气横秋而又粗俗地说笑话的？……在哪儿？在什么时候？”

奥莲卡惊讶地瞧着我，耸动肩膀。……

“我不明白您说的话，……”她说，“您看到年轻的姑娘嫁给老头子而感到不愉快吧？是吗？”

奥莲卡忽然涨红脸，兴奋得下巴颤动起来。她没等我答话就很快地讲道：

“这种事惹得您不满意？那么请吧，您自己住到树林里去，……住到那枯燥乏味的地方去，只有青鹰和疯癫的父亲做伴，……您就等年轻的男子来上门求婚吧！那天傍晚，您对那个地方很满意，可是您该冬天来看一看，在那样的时候我恨不得……干脆死了才好。……”

“哎，这都是胡闹，奥莲卡，这都是幼稚、愚蠢！如果您不是说笑话，那……我真不知道该说什么好了！您还是住嘴的好，不要胡说八道弄脏空气了！换了我是您，我早就在七棵杨树上吊死了，可是您却买麻布，……笑嘻嘻的！唉！”

“至少他会拿钱给我父亲治病，……”她低声说。……

“您要多少钱给父亲治病？”我嚷起来，“拿我的钱吧！一百？……两百？……一千？您撒谎，奥莲卡！您不是要给父亲治病！”

奥莲卡告诉我的消息使我十分激动，我竟没注意到我们的大马车已经驶过我的小村子，这时候进了伯爵的院子，在管家的门口停下了。……我看见孩子们跑出来，看见乌尔别宁带着笑脸跑过来扶奥莲卡下车，我就从马车上跳下来，也没告辞就往伯爵的正房跑去。那儿正有新消息等我。

“来得真巧！来得真巧！”伯爵迎着我说，用又长又尖的唇髭搔了搔我的脸，“你再也选不出更恰当的时候了！我们刚刚坐下来吃中饭。……这儿的人，当然，你都认得。……恐怕你不止一次跟他们在司法方面起过冲突吧。……哈哈！”

伯爵伸出两只手指着两个男人，他们坐在柔软的圈椅上，吃凉牛舌。我闷闷不乐地认出其中一个就是调解法官卡里宁，另一个是白发苍苍的小老头，脑袋上有一大块月亮形秃顶，他是我的老相识巴巴耶夫，一个富有的地主，在我们县里担任常任委员。我一面打招呼，一面惊讶地瞧着卡里宁。……我知道他多么痛恨伯爵，在全县说他的坏话，然而现在却在伯爵家里津津有味地吃牛舌加豌豆，喝十年的陈酿。一个正派人怎么解释他这次访问呢？调解法官注意到我的目光，大概也领会我的心思了。

“我今天专门到各处拜客，”他对我说，“我要走遍全县。……所以，您瞧，我也到爵爷这儿走一趟。……”

伊里亚送来第四份餐具。我坐下，喝了一杯白酒，开始吃饭。……

“这不好，爵爷。……不好！”卡里宁继续方才由于我走进来而中断的谈话，“这在我们这些小人物倒不算罪过，可您是个有地位的、阔绰的、赫赫有名的人。……您心灰意懒就是罪过了。”

“这话是实在的，这是罪过。……”巴巴耶夫同意说。

“到底是怎么回事呢？”我问。

“尼古拉·伊格纳契奇给我出了个好主意！”伯爵对调解法官那边点一下头，说，“他到我这儿来，……坐下吃饭，我就对他抱怨说我感到烦闷无聊。……”

“他对我抱怨烦闷无聊，”卡里宁打断伯爵的话说，“他觉得烦闷，心情忧郁，……这样那样的。……一句话，他意气消沉。……有点奥涅金[1]的样子。……我就说，‘这都要怪您自己，爵爷。’……他问，‘怎么呢？’我说，‘这很简单嘛。……’我说，‘您为了不烦闷就工作，……经营田产吧。……经营田产是很好的工作，妙极了。……’他说，他倒有心经营田产，可是仍然感到乏味。……他缺乏所谓的欢欣鼓舞的因素。……缺乏那种……该怎么说好呢……呃呃……那种……激起强烈情绪的东西。……”

“哦，那么您出了什么主意呢？”

“认真说来，我没出什么主意，只是斗胆对爵爷责难几句。我说：您，爵爷，那么年轻，……又受过教育，赫赫有名，怎么能与世隔绝呢？我说，难道这不是罪过吗？您哪儿也不去，什么人也不接待，任什么地方也见不到您，……倒像个老头子或者隐士似的。……您在自己家里办个盛会，我说，……搞个所谓的jour-fixe[2]，那费得了多大事呢？”

“可是他搞jour-fixe有什么用？”我问。

“什么叫‘有什么用’？第一，要是爵爷家里办晚会，他就可以结交上流社会人士，……对他们进行所谓研究了。……第二，上流社会人士也可以荣幸地同本地最富的地主比较亲密地来往。……这就是所谓的彼此交流思想，谈话，欢欢喜喜。……要是仔细一想，那我们这儿有多少受过教育的小姐和男舞伴啊！……这能办出些多么热闹的音乐会、舞会、野餐会，您想一想吧！大厅这么大，园子里又有凉亭，还有……其他种种。……简直可以办出些全省的人连做梦也见不到的业余演出和音乐会呢。……真的！您想一想！……

---

① 俄国诗人普希金的长诗《叶甫盖尼·奥涅金》中的男主人公。

② 法语：会客日。

现在这些东西几乎无影无踪，埋在土里了，可是到那时候……您就想一想吧！要是我有爵爷这样的家业，我就要叫大家看看应该怎么生活！可是他却说什么闷得慌！说真的，……这话听着都可笑，……甚至叫人难为情呢。……”

卡里宁眨巴眼睛，想做出确实难为情的样子。……

“这是十分有道理的，”伯爵说，站起来，把两只手插在裤袋里，“我家里能办出精彩的晚会来。……音乐会啦，业余演出啦，……所有这些确实都能办得出色。……再者这些晚会不但能使社会人士快乐，而且能起教育作用！……可不是吗？”

“嗯，对，”我同意道，“等到我们的小姐们瞧见你这副留着两撇小胡子的尊容，她们就一下子感染到文明精神了。……”

“你老是说笑话，谢辽查，”伯爵不高兴地说，“你从来也没有好心好意地给我出过什么主意！你觉得样样事情都可笑！我的朋友，现在也该丢掉这种大学生的习气了！”

伯爵从这个墙角走到那个墙角，开始对我叙述他冗长乏味的看法，讲他的晚会能给人们带来什么益处。他讲起音乐、文学、舞台、骑马郊游、打猎。单是打猎就能把全县最优秀的人物聚合在一起！……

“关于这个问题，我以后还要跟您谈一谈！”伯爵在饭后告别的时候对卡里宁说。

“那么，爵爷，您容许全县对这件事抱着希望吗？”调解法官问。

“当然，当然。……我要发展这个想法，尽心竭力地办。……我高兴，……甚至很高兴呢。……您只管把这件事告诉大家吧。……”

临到调解法官坐上马车，说一声“走吧”，他脸上流露出来的那副志得意满的神情，倒很该看一看呢。他那么高兴，甚至忘了我和他的旧怨，临别的时候居然叫我“好朋友”，还紧紧地握我的手。

客人们走后，我和伯爵挨着桌子坐下，继续吃饭。这顿中饭我们一直吃到傍晚七点钟，可是桌子上的餐具撤掉以后，又给我们摆晚饭了。年轻的酒徒是知道应该怎样消磨两顿饭之间的漫长时间的。我们一直不停地喝酒，小口地吃东西，借以保住我们的胃口，要是我们完全不吃东西，胃口就倒了。

“今天你给谁汇过钱没有？”我想起今天早晨在捷涅沃邮局里见到的那叠每张一百卢布钞票，问伯爵说。

“我没给谁汇钱。”

“那就请你说说看，你那个……他叫什么名字来着……新朋友卡齐米尔·卡艾坦内奇，或者卡艾坦·卡齐米罗维奇，是个阔人吗？”

“不是的，谢辽查。他是穷人！……不过另一方面，他有多么好的灵魂，多么好的心！你不该这么轻蔑地谈到他，……攻击他。……老兄，你得学会辨别人。我们再喝一杯吧？”

到吃晚饭的时候，普谢霍茨基回来了。他看见我坐在桌子那儿喝酒，就皱起眉头，在我们的桌旁转来转去，觉得最好还是回到他的房间里去。他推托头痛，说不吃饭了，不过伯爵劝他在自己房间里，在床上吃饭，他倒也没表示反对。

我们吃第二道菜的时候，乌尔别宁走进来。我认不得他了。他那红色的宽脸喜气洋洋。满意的笑容甚至似乎扩展到他的招风耳和他那不时拉正漂亮新领结的胖手指头上去了。

“我们的奶牛得病了，大人，”他报告说，“我打发人去请过我们的兽医，不料他出远门了。要不要派人去请城里的兽医呢，大人？要是我派人去，他会不理，不来，不过要是您给他写封信，那就是另一回事了。也许奶牛得的是小病，可或许是大病也未可知。”

“好，我来写一封信，……”伯爵含糊其辞地说。

“我给您道喜，彼得·叶果雷奇。”我站起来说，对管家伸出手去。

“道什么喜？”他小声说。

“您不是要结婚了吗？”

“对，对，你想想看，他要结婚了！”伯爵开口说，往脸红的乌尔别宁那边挤一下眼睛，“你看如何？哈哈哈！他闷声不响，闷声不响，可是忽然间，吓你一跳！你知道他娶的是谁？那天傍晚我和你猜对了！我们，彼得·叶果雷奇，那时候就已经断定您那颗调皮的心有点不对劲。他瞧了瞧您和奥莲卡说：‘喏，这家伙迷上她了！’哈哈！您坐下来跟我们一块儿吃饭吧，彼得·叶果雷奇！”

乌尔别宁小心而恭敬地坐下，用眼睛招呼一下伊里亚，要他再送一盆汤来。我给他倒了一杯白酒。

“我不喝。”他说。

“得了，您比我们喝的还多呢。”

“我以前是喝酒的，现在我却不喝了，”管家含笑说道，“现在我不能喝。……没有什么理由再喝了。……谢天谢地，一切都进行得很顺利，事情已经办妥，完全合我的心意，甚至超过了我的期望呢。”

“喏，为这件喜事您至少也该喝一杯这种酒。”我说着，给他斟上一杯白葡萄酒。

“这种酒倒可以喝一杯。我以前确实喝得很多。现在我可以在大人面前老实地认错了。我往往从早喝到晚。早晨一起床，就想起这个东西，……喏，自然而然，就立刻往小柜子那边走去。……现在，谢天谢地，用不着再借酒浇愁了。”

乌尔别宁喝下一大杯白葡萄酒。我又给他斟满一杯。他把这杯也喝下去，不知不觉地醉了。……

“这件事简直叫人没法相信呢，……”他说，忽然发出孩子般的幸福笑声，“喏，我瞧着这个戒指，想起她表示同意的话，真没法相信。……这件事甚至可笑。……是啊，我这么大的年纪，又生着这么一副相貌，能指望这个值得尊敬的姑娘不嫌弃我，肯做我……我那些孤儿的母亲吗？你们看得清楚，她是个美人儿，是天使下凡！这简直是奇迹啊！您又给我斟酒？……也好，喝最后一次吧。……从前是借酒浇愁，现在是欢喜得喝酒了。……当初我是多么难过，先生们，心里压着多少愁苦啊！我是一年前见到她的，可是你们相信不？从那时候起我就没有一个晚上能睡得安稳，没有一个白天不灌这种白酒来……浇我那愚蠢的弱点，没有一天不骂我自己愚蠢。……我往往站在窗前瞧她，欣赏她，然后……就扯我自己的头发。……有的时候我恨不得上吊算了。……不过，谢天谢地，……后来我豁出去了，索性向她求婚，结果呢，你们猜怎么着，我就像挨了一斧子似的！哈哈！我听着，不相信我的耳朵了。……她说：‘我同意。’可是我听起来却像是说：‘滚开吧，糟老头子。’……后来她吻了我，我才相信了。……”

五十岁的乌尔别宁一想起他同富有诗情的奥莲卡初次接吻，就闭上眼睛，脸红得像小孩一样。……我看见这副样子却觉得恶心。……

“先生们，”他用幸福亲切的眼睛瞧着我们说，“为什么你们不结婚呢？为什么你们白白浪费生命，把它扔到窗外去？人世间一切活人的最大幸福，为什么你们避之唯恐不及呢？要知道，放荡的生活提供的快乐，及不上安静的家庭生活向你们提供的百分之一！年轻人啊，……大人和您谢尔盖·彼得罗维奇，……我现在感到幸福，而且……上帝看得见我多么喜爱你们两位！请原谅我愚蠢的忠告，不过……要知道我希望你们幸福！为什么你们不结婚呢？家庭生活是好事。……它是每个人的责任！……”

这个就要跟年轻女人结婚，劝告我们抛弃放荡生活、改过安静的家庭生活的老人，露出幸福而感动的神情，这却使我受不了。

“对，”我说，“家庭生活是责任。我同意您的看法。那么您这是第二次尽您的责任吧？”

“是的，第二次。我本来就喜欢家庭生活。做单身汉或者鳏夫，对我来说只能算是半个生活。不管你们怎么说，两位先生，夫妇生活总是大事！”

“当然。……那么即使丈夫的年纪几乎比妻子大两倍，也是如此吗？”

乌尔别宁脸红了。他正把一匙汤送到嘴里去，可是他的手开始发抖，汤就流回盆里去了。

“我明白您想说什么，谢尔盖·彼得罗维奇，”他喃喃地说，“我感激您的直爽。我自己也问过自己：这样做不卑鄙吗？我心里难过！可是现在既然我时时刻刻感到幸福，既然我忘了我年老，忘了我相貌丑，……把一切都忘了，那我哪儿还顾得上问我自己，解答各种问题呢！Homo sum①，谢尔盖·彼得罗维奇！就算年龄不相当的问题在我脑子里出现一秒钟，我也总是找得出理由来回答，尽力安慰自己。我觉得我似乎给了奥尔迦幸福。我使她有了父亲，使我的孩子们有了母亲。不过所有这些都近似长篇小说，而且……我头晕了。您不该给我喝白葡萄酒的。”

乌尔别宁站起来，用餐巾擦一下脸，又坐下了。过不久，他一

① 拉丁语：我是人。

口气喝下一大杯酒，用恳求的眼睛久久地瞧着我，像是求我体恤他似的，随后他的肩膀突然耸动，他出人意料地哭起来，像个孩子似的。

“这没什么。……没什么，……”他止住哭，喃喃地说，“你们不用担心。您说了那句话以后，我的心让一种预感揪紧了。不过这也没什么。”

乌尔别宁的预感实现了，而且实现得那么快，我都来不及换笔尖，换稿纸。从下一章起，我那心平气和的缪斯脸上的平和神情就要换成愤怒和悲伤了。序言结束，正戏开场了。

人的犯罪意志抬头了。

我想起那个美好的星期日早晨。从伯爵教堂的窗子里望出去，可以看见清澈的蓝天。整个教堂，从彩画的圆顶直到地板，笼罩在朦胧的亮光里，神香的一缕缕细烟在亮光里快活地盘旋。……从敞开的窗口和门口传来燕子和椋鸟的歌声。……有一只麻雀显然胆大包天，竟然从门口飞进来，吱吱地叫，在我们头顶上飞来飞去，好几次投进朦胧的亮光里，最后飞出窗外去了。……教堂里也在歌唱。……唱得十分和谐，富于感情，兴致勃勃，当我们的小俄罗斯歌手们感到自己是当前这个时刻的英雄，看见人们不时扭过头来看他们的时候，才能唱得如此卖劲。……曲调大多欢乐轻快，就跟在墙上和做礼拜的人们衣服上闪耀着的一块块明亮的阳光一样。……尽管婚礼曲的调子欢畅，我的耳朵却在一个没有受过训练，然而柔和、清亮的男高音里听出一种发自丹田的忧郁之声，仿佛这个男高音见到俊俏而富有诗情的奥莲卡同笨重的、熊一般的、上了年纪的乌尔别宁并排站着，感到惋惜似的。……再者，也不单是男高音瞧着这对年龄不相当的夫妇感到惋惜。……我放眼看去，许多人脸上虽然极力装得高兴畅快，可是就连呆子都能看出怜悯的神情。

我穿一身簇新的礼服，站在奥莲卡身后，把一顶婚礼冠举在她的头上。我脸色苍白，身子不大舒服。……我昨天喝多了酒，又在湖上游乐，这时候头痛欲裂，不时看一下我那只举着婚礼冠的手是不是在发抖。……我心绪恶劣，心惊肉跳，就跟淫雨绵绵的秋夜在树林里走路一样。我心烦，厌恶，惋惜。……好像有些猫在抓挠我的心，有点类似良心负疚的感觉。……那儿，在我的灵魂深处，藏着一个小魔鬼，他顽强而执拗地对我小声说：如果奥莲卡同粗笨的乌尔别宁的婚姻是罪过，那么在这个罪过里我也有责任。……这想法是怎么来的呢？莫非我能把这个年轻的傻丫头从她那种不可理解的冒险和毫无疑问的错误里解救出来吗？……

“谁知道呢！”小魔鬼低声说，……“这你心里有数！”

我有生以来见过许多年龄不相当的婚事，不止一次地站在普基烈夫的画[1]前面，读过许多以夫妇不相称为题材的长篇小说，而且我也熟悉生理学，知道生理学是断然反对年龄不相当的婚姻的，然而我生平还一次也没经历过目前我站在奥莲卡背后担任傧相的时候所经历的这种可憎的精神状态，我无论用什么力量都无法摆脱它。……不过，如果激动我心灵的仅仅是怜悯，那为什么以前我参加其他婚礼的时候就没产生过怜悯的感情呢？……

“这不是怜悯，”小魔鬼低声说，……“这是嫉妒。……”

然而只有热恋的人才会嫉妒，难道我爱这个红姑娘？要是普天之下所有的姑娘我见一个爱一个，那我的心就会顾不过来，再说，

---

① 指俄国批判现实主义画家普基烈夫（1832—1890）的具有进步意义的名画《不相称的婚姻》。——俄文本编者注

那也太过分了。……

我的朋友卡尔涅耶夫伯爵站在后边，就在教堂门口，挨着钱柜卖蜡烛。他把头发梳得溜光，又搽了发油，身上散发出使人头昏脑胀、透不过气来的香水味。今天他显得那么可爱，我早晨跟他打招呼的时候，忍不住对他说：

"今天你，阿历克塞，看上去像是卡德里尔舞的理想男舞伴呢！"

他对所有进进出出的人都送上一副甜蜜蜜的笑容。我听见他对每个在他那儿买蜡烛的女人都说些冗长乏味的恭维话。他这个命运的宠儿，从来没有用过铜币，不知拿它们怎么办才好，不时把五戈比铜币和三戈比铜币掉在地上。气度庄严的卡里宁，脖子上挂着斯坦尼斯拉夫勋章，站在他身旁，把胳膊肘倚在钱柜上。他神采奕奕，满脸放光。他高兴，因为他那关于"jour-fixe"的想法落在良好的土壤里，已经开始结果。他在灵魂深处对乌尔别宁千恩万谢！乌尔别宁的婚姻是荒唐的，不过另一方面，倒也很容易利用这个机会办头一个盛会呢。

虚荣心重的奥莲卡一定兴高采烈。……从举行婚礼用的读经台起直到圣障中门，我们县里的名门闺秀排成两行。……这些客人打扮得花枝招展，就连伯爵本人结婚，她们也不过这样打扮，不能打扮得更华丽了。……她们大多是贵族。……没有一个是出身于教士家庭或商人家庭的。……其中甚至有些贵妇人，奥莲卡早先认为跟她们连打招呼的资格都没有。……奥莲卡的未婚夫固然是管家，享有特权的仆人，不过她的虚荣心不可能因此受到挫伤。……他是贵族，在邻县拥有一份抵押出去的田产。他的父亲做过本县的首席贵族，他自己也在原籍当过十年调解法官。……那么这个小贵族的女儿的虚荣心还需要什么呢？就连她的傧相，全省闻名的

bon vivant[①]和风流人物，也能给她的骄傲添光彩。……所有的客人都在瞧他。……他风头十足，就跟四万个傧相合成他一个人似的。尤其非同小可的是他没有拒绝做她这个默默无闻的女人的傧相，而以前，大家都知道，就连贵族们请他做傧相，他还不肯呢。……

然而虚荣心重的奥莲卡并不高兴。……她脸色苍白，不下于她不久以前从捷涅沃市集上买回来的麻布。她那只举着蜡烛的手微微发抖，下巴偶尔哆嗦一下。她的眼神有点发呆，仿佛她突然为一件什么事感到惊讶和害怕似的。……昨天她还在花园里跑来跑去，兴致勃勃地讲起她的客厅里要糊什么壁纸，她应该哪一天接待客人，等等，当时她眼睛里闪着的快活神情现在连一点痕迹都没有了。现在她的面容过于严肃，超过这个庄严的场合的要求了。……

乌尔别宁穿着簇新的礼服。他装束体面，然而头发却梳得像一八一二年的正教徒。他照例脸色通红，神态严肃。他的眼睛在祈祷，每念完"天主啊，宽恕吧"，他就在胸前画十字，画得特别郑重。

我身后站着乌尔别宁前妻所生的孩子，中学生格利沙和淡黄头发的小姑娘萨霞。他们瞧着父亲通红的后脑壳和一对招风耳。他们的脸上打着问号。他们不明白父亲要奥丽雅阿姨干什么，他为什么要把她带到家里去。萨霞光是感到惊讶，可是十四岁的格利沙却皱起眉头，从眉毛底下阴沉地看人。假使他的父亲要求他同意这件婚事，他多半也会反对的。……

婚礼进行得特别庄严。三个司祭和两个助祭主持宗教仪式。仪式进行了很长时间，害得我那只举着婚礼冠的手发酸，平素喜欢观

---

① 法语：过享乐生活的人。

赏婚礼的太太们也不再看那对新婚夫妇了。监督司祭把祷告辞念得抑扬顿挫，一个字也不漏掉。歌手们唱一首长而复杂的歌。诵经士趁此机会稍稍卖弄一下深沉的男低音，把《使徒行传》念得慢而又慢。……不过最后，监督司祭总算把我手里的婚礼冠接过去了。……新婚夫妇接吻。……客人们活动起来，打乱了整齐的行列。传来道喜声、接吻声、赞叹声。乌尔别宁神采飞扬，满面春风，挽住新娘的胳膊，他们走出去，走到露天底下。……

如果那些跟我一起在教堂里观礼的人当中，有人认为这些描写不完备，不大确切，那就请他把这种粗疏归因于我头痛和我上述的精神状态吧，它们妨碍我观察和注意。……当然，要是那时候我知道将来要写小说，我就不会像那天早晨那样低头看着地板，也不管头痛不头痛了！

有的时候命运会毫无顾忌地开个尖酸刻薄的玩笑！新婚夫妇还没来得及走出教堂门，就碰上一件扫兴而意外的怪事。……参加婚礼的行列在阳光下显得五彩缤纷，正从教堂往伯爵家里走去，忽然奥莲卡后退一步，站住，使劲拉了一下丈夫的胳膊肘，弄得他的身子摇晃了一下。……

"他跑出来了！"她说，恐慌地瞧着我。

可怜的姑娘！原来她那疯癫的父亲、守林人斯克沃尔佐夫，顺着林荫路，迎着这个队伍跑过来。他挥舞胳膊，脚下趺趺绊绊，疯狂地转动眼珠，构成一幅十分难看的画面。如果他没穿他那件花布长袍，没趿着拖鞋，总之，要不是他那身破烂衣服同他女儿婚服的华丽很不相称，那么也许这个场面还不算丢人。他脸上带着睡意，头发被风吹散，睡衣敞开着。

"奥莲卡！"他跑到他们跟前，吐字不清地说，"为什么你走了？"

奥莲卡涨红脸，斜起眼睛看那些笑眯眯的女客。可怜的姑娘羞得满脸发烧。……

“米特卡没关上门，”守林人对着我们继续说，“贼要摸进来还有什么困难？……去年厨房里就有个茶炊让人偷去，现在他简直是要放进贼来把我们偷光了！”

“不知道这是谁把他放出来的！”乌尔别宁对我小声说，“我本来吩咐过把他关起来。……好朋友，谢尔盖·彼得罗维奇，您发发慈悲，好歹想个办法叫我们摆脱这种尴尬局面！想个办法吧！”

“我知道谁偷了您的茶炊，”我转过身去对守林人说，“我们走吧，我来指给您看。”

我搂住斯克沃尔佐夫的腰，带他往教堂那边走去。……我把他带进教堂院子里，跟他谈了一阵，等我估计婚礼的行列已经走进房子，就丢下他走了，也没指出他那个被人偷去的茶炊在什么地方。

不管同疯子相逢是多么意外，多么离奇，然而这件事还是不久就被人忘记了。……命运却给新婚夫妇送来一件新的怪事，而且更加离奇。……

过了一个钟头，我们大家在长饭桌旁坐下来用饭。

凡是看惯伯爵住宅里的蛛网、潮霉、茨冈姑娘的呼喊的人，瞧着这群平淡乏味的人用日常的闲谈打破古老而无人居住的房间的寂静，就会感到奇怪。这个五颜六色的嘈杂人群类似一群椋鸟顺路飞到荒废的墓园里休息一下，或者（但愿那些高尚的鸟原谅我这种譬喻！）类似一群鹳鸟在南迁的日子遇到天近黄昏而在荒凉的城堡的废墟上停下来过夜。

我坐在那儿，憎恨这个人群。他们正带着无聊的好奇心观看卡尔涅耶夫伯爵家里日益衰败的财富。彩石精镶的墙壁、布满浮雕的天花板、豪华的波斯地毯、洛可可式[①]的家具，现在都引起他们的欣赏和惊叹。伯爵留着两撇小胡子的脸上不断露出得意扬扬的笑容。……他毫无愧色地承受客人们对他的热烈奉承，认为这是理所当然的，其实他对这个家素来不闻不问，他家里的财富和这些华丽的陈设根本不是由他出力挣来的，而且恰好相反，他倒应该受到最严厉的责难以至蔑视，因为他对祖祖辈辈不是几天而是几十年积累下来的财产，抱着野蛮人那种麻木不仁的冷漠态度！只有精神上的瞎子和心灵上的乞丐才看不见在每块日益灰白的大理石上，每幅图画上，伯爵花园的每个幽暗角落里，都凝结着许多人的汗水、眼泪、老茧，而那些人的子女目前却挤在伯爵小村子的农舍里。……在婚宴上坐着的人中间有很多财主，他们无须迎合伯爵，尽可以说出甚至最尖锐的真理，可是竟没有一个人对伯爵说，他那得意的笑容愚蠢而不得体。……人人都认为应该阿谀地微笑，说几句不值钱的捧场话！如果这是“普通的”礼貌（我们许多人都喜欢把事情推到客气和礼貌上去），那我宁可喜欢那些用手抓东西吃、从别人餐具上拿过面包来、用两个手指头擤鼻涕的粗人，而看不上这些花花公子。……

乌尔别宁不住地微笑，不过这在他倒是另有原因的。他笑得又谄媚又恭敬，而且像孩子般幸福。他那畅快的笑容同狗的幸福不相上下。一条忠心而充满热爱的狗被主人摩挲着，感到幸福，于是为了表示感激就快活而真诚地摇尾巴。……

他像阿尔方斯·都德的长篇小说里的长兄黎斯雷[②]一样，满面春

① 十八世纪西欧盛行的一种建筑和艺术风格，其特点是纤巧和浮华。

② 指法国作家阿尔方斯·都德（1840—1897）的长篇小说《小弟弗罗蒙与长兄黎斯雷》中的男主人公。他是一个上了年纪的有钱的店主，娶了个贫苦而虚荣心重的年轻女人，结果造成了悲剧。——俄文本编者注

风，高兴得直搓手，瞧着年轻的妻子，心花怒放，忍不住提出一个接一个的问题：

“谁想得到这个年轻的美人儿会爱上像我这样一个老头子呢？难道她另外就找不到一个年轻点和体面点的男人吗？这些女人的心真是莫测高深！”

他甚至大起胆子转过脸来对着我胡说起来：

“真的，新的时代来了，瞧瞧！嘻嘻！老头子从年轻小伙子鼻子底下把这么个仙女夺走了！你们怎么都不管呀？嘻嘻。……是啊，如今的年轻小伙子比不上当年了！”

他不知道该怎么办才好，他的感激心情汹涌起伏，要把他宽阔的胸膛胀破了。他不时站起来，把酒杯凑过去跟伯爵碰杯，用兴奋得发抖的声音说：

“我对您的感情，大人，您是知道的。……不过今天您为我出那么多的力，相形之下我对您的热爱就不值一提了。……我哪儿配得上大人这样照拂、这样关心我的喜事呢？只有伯爵们和银行家们才这样铺排他们的婚事呢！多么阔气，来了多少贵宾。……哎，何必再说这些呢？……请您相信，大人，我永世也忘不了您，永世也忘不了我一生中这个最好、最幸福的日子。……”

如此等等。……看来，奥莲卡不喜欢她丈夫那种过分的奉承。……他的话在赴宴的人们脸上引起微笑，她显然觉得不好受，甚至似乎为那些话感到害臊。……她尽管喝过一杯香槟酒，却仍然跟先前一样闷闷不乐，神态阴郁。……她的脸色还是像在教堂里一样苍白，眼神也还是那么惊恐。……她没开口说话，懒洋洋地回答所有的问话，听到伯爵的俏皮话就勉强笑一笑，几乎没碰那些山珍海味。……喝醉的乌尔别宁越认为自己是天下最幸福的人，她那张俊俏的小脸就越是显得不幸。我简直不忍心看那张脸。为了不去看它，我就极力看我面前的盆子。

应该怎样来解释她这种悲哀呢？莫非懊悔开始咬这可怜的姑娘的心了？要不然也许是她的虚荣心期望更加盛大的排场吧？

第二道菜端上来的时候，我抬起眼睛看她，她那神情使我难过得心都痛了。可怜的姑娘正要回答伯爵一句无谓的问话，却做了个用力吞咽的动作：原来她嗓子眼发紧，快要“哇”的一声哭出来了。她没放下捂在嘴上的小手绢，像受惊的小野兽那样胆怯地瞧着我们，要看明白我们是不是看出她要哭了。

“您今天为什么这样愁眉苦脸？”伯爵问，“哎哎！彼得·叶果雷奇啊，这都怪您不对！您费心叫您的妻子高兴起来吧！诸位先生，我要求亲嘴。哈哈！……当然，不是我要亲嘴，而是，那个……要他们亲嘴！苦啊！[①]”

“苦啊！”卡里宁接着喊道。

乌尔别宁的红脸膛上堆满笑容，站起来，开始眨巴眼睛。奥莲卡经不住客人们一再喊叫，出于无奈，只得微微欠起身子，把她那不动的和毫无生气的嘴唇向乌尔别宁送过去。……乌尔别宁吻了她一下。……奥莲卡抿紧嘴唇，仿佛生怕再来吻她似的，然后她看我一眼。……大概我的眼光不那么和善。……她见到我的眼光，忽然涨红脸，弯下身子去拿手绢擤鼻涕，想借此好歹掩盖她极慌张的心情。……我不由得暗想，她在我面前觉得不好意思，为那一吻，为婚事害臊了。……

“我哪会碍你的事呢？”我想，可是同时我的眼睛没放松她，极

---

① 按照俄国习俗，在婚宴上客人们喊“苦”，新婚夫妇就得接吻。

力要弄明白她慌张的原因。……

可怜的姑娘受不了我的眼光。固然她脸上的红晕不久就消退了，可是另一方面，她的眼睛里却迸出泪水，真正的泪水，这种泪水是以前我在她脸上从没见到过的。……她把手绢盖住脸，站起来，跑到饭厅外面去了。……

“奥尔迦·尼古拉耶芙娜头痛，”我赶紧解释她离席的原因说，“今天早晨她就对我抱怨过头痛。……”

“得了吧，老兄！”伯爵打趣道，“这跟头痛没有关系。……这都是亲嘴惹出来的事，她难为情了。诸位先生，我宣布严厉惩罚新郎！他没教会新娘亲嘴！哈哈！”

客人们听了伯爵的取笑大为欣赏，哈哈大笑。……然而他们不应该笑。……

五分钟，十分钟过去了，新娘却没回来。……大家沉默了。……就连伯爵也不再说笑话。……奥莲卡的离席引人注目，尤其是因为她一句话也没说就突然走掉了。……姑且不谈这首先违背了礼节，主要的是奥莲卡在接吻后立刻就从桌旁走掉，仿佛因为别人硬逼她跟丈夫接吻而生气了。……不能认为她走是因为怕难为情。……怕难为情只要一两分钟也就过去了，总不会永远难为情下去。她离席虽然只有十分钟，我们大家却觉得她永远不会回来了。……那些男人们醉醺醺的头脑里已经闪过多少恶意的想法，而那些可爱的太太小姐们也已经准备了多少难听的坏话啊！新娘离开饭桌走掉了，这是本县“上流社会”情场中一个多么有声有色的戏剧性场面！

乌尔别宁开始心神不宁地往两边看。

“她必是神经出了问题，……”他嘟哝说，“要不然也许是她的装束出了什么毛病。……谁知道呢，这些女人！她马上就会回来的。……一会儿就来。”

可是又过了十分钟，她还是没来，他就用悲惨的和恳求的眼睛瞧着我，我不由得怜惜他了。……

“要是我出去找她，该没有什么关系吧？”他的眼睛说，“您，好朋友，能帮我摆脱这种可怕的局面吗？您可是这儿最聪明、大胆、机智的人，您就帮帮我的忙吧！”

我听从他那悲惨的眼睛的祈求，决定帮他的忙。至于我怎样帮他的忙，读者随后自会看到。……目前我只想说：每逢我回忆我所扮演的“热心帮忙的傻瓜”[①]的角色，克雷洛夫的那头给隐士帮忙的熊[②]就在我眼里丧失兽类的全部威严，变得黯然失色，成为无足轻重的毛毛虫了。……我和那头熊的相似之处，仅仅在于我俩都是真心要帮忙而没有预见到我们效劳的恶果，可是我们之间的差别却是巨大的。……我拿起来朝乌尔别宁的额头扔过去的那块石头，要重许多倍呢。……

“奥尔迦·尼古拉耶芙娜在哪儿？”我问给我端来冷盘的听差说。

“到花园里去了。”他回答说。

“这简直不像话呀，mesdames[③]！”我转过身去用取笑的口吻对太太们说，“新娘一走，连我的酒都变酸了！……我得去找她，哪怕她满口牙都痛，也要把她带到这儿来！傧相是有职责的人，他要去表

---

① 引自俄国的谚语：热心帮忙的傻瓜比敌人还要危险。

② 俄国作家克雷洛夫（1769—1844）在他的寓言诗《隐士和熊》中讲到，一头熊同一个隐士是好朋友，熊看见隐士额上有一只苍蝇，想赶走它，就拿起一块石头扔过去，结果把隐士砸死了。——俄文本编者注

③ 法语：太太们。

现一下他的权力！”

我站起来，在我的朋友伯爵的响亮鼓掌声中，从饭厅走进花园里。中午的炎阳直射到我那酒后发热的头上。暑气和闷热直扑到我脸上来。我抱着碰运气的心理，顺着侧面一条林荫道走去，嘴里吹着曲子，充分施展我那侦讯官的本领，扮演一个普通侦探的角色。我察看所有的灌木丛、凉亭、山洞，等到我开始懊悔不该顺右边走而该顺左边走的时候，却忽然听到了古怪的声音。不知什么人在笑，或是在哭。声音是从山洞里发出来的，那个山洞原是我打算最后去侦察的。我赶快走进山洞，迎面扑来潮气、霉味、菌子和石浆的气味，我立刻看见了我要找的人。

她站在那儿，胳膊肘倚着布满黑色青苔的木柱。她抬起充满恐惧和绝望的眼睛瞧我，不住地扯头发。泪水从她的眼睛里滚下来，像是从海绵里挤出来似的。

“我干了什么事？我干了什么事啊！”她喃喃地说。

“是啊，奥莲卡，您干的是什么事？”我说，在她面前站住，把我的胳膊交叉在胸前。

“我为什么要嫁给他？我的眼睛长到哪儿去了？我的脑子哪儿去了啊？”

“是啊，奥莲卡。……很难解释您为什么走这一步。……说这是缺乏经验吧，这话未免太宽厚，可是说这是堕落，我又不忍心。”

“我直到今天才明白，……直到今天！为什么我昨天就没明白呢？现在一切都无法挽回，什么都完了！全完了，全完了！我本来可以嫁给一个我所爱的而且也爱我的人！”

“那您嫁给谁呢，奥莲卡？”我问。

“嫁给您！”她说，眼睛坦然地直望着我，……“可是我太性急了！我真蠢！您聪明，高尚，年轻，……您阔气。……我一直觉得我高攀不上呢！”

“得了，别哭了，奥莲卡，”我拉住她的手说，……“擦干你的眼泪，我们走吧。……人家都在那儿等着。……得了，别哭了，够了。……”我吻她的手。……

“别哭了，姑娘！你做了蠢事，现在遭到报应了。……这都怪你自己。……得了，别哭了，定一定神吧。……”

“你一定爱我吧？对吗？你那么魁梧，那么英俊！你一定爱我吧？”

“现在该走了，我亲爱的。……”我说，又十分惊恐地发觉自己在吻她的额头，搂住她的腰，她也把火热的呼吸喷在我脸上，搂住我的脖子。……

“你别哭了！”我喃喃地说，……“够了！……”

大约过了五分钟，我把她抱出山洞，种种新的印象搅得我心乱如麻，我把她放在地下，不料几乎就在洞口，我瞧见了普谢霍茨基。……他站在那儿，阴险地瞅着我，轻轻地拍手。……我冷眼打量他，然后挽住奥尔迦的胳膊，往正房走去。

“今天我要叫您从这儿滚蛋！”我回过头去对普谢霍茨基说，“您这种侦探的勾当不会就这么白白过去，不受惩罚！”

我的吻多半很热烈，因为奥尔迦的脸像起了火一样。刚才那些滚滚热泪，如今在那张脸上连一点影踪也没有了。……

“现在我，像俗语所说的那样，‘豁出去了’！”她喃喃地说，跟我一块儿往正房走去，使劲挽住我的胳膊肘，身子发颤。……“今天早晨我害怕得不知该怎么办好，可是现在……现在呢，我的好心的巨人，我又幸福得不知该怎么办好了！我的丈夫坐在那儿等我呢。……哈哈！那又怎么样？哪怕他是条鳄鱼，是条可怕的蛇，那也无所谓，……我什么都不怕！我只爱你，别的都不在我心上！”

我看着她那幸福得通红的脸，看着她那对由于爱情得到满足而充满幸福的眼睛，我的心揪紧了，为这个俊俏而幸福的人的前途担忧：她对我的爱情无非是把她推进深渊里去的另一个力量而已。……这个一味欢笑、不顾前途的女人会落到什么下场呢？……感情在我的内心激荡，使我忐忑不安。那种感情既不能说是怜悯，也不能说是同情，因为它比这两种感情都强烈。我站住，把手放在奥尔迦的肩膀上。……我以前从没见过比她更美丽、优雅而又可怜的人。……现在已经没有工夫来推敲，盘算，思考了，我抑制不住我的感情，说：

“马上到我家里去，奥尔迦！马上就去！”

“怎么？你说什么？”她问，不明白我那有点庄重的口气。……

“我们立刻到我家里去！”

奥尔迦微微一笑，对我指着正房。……

“哦，那又怎么样？”我说，“我今天把你带走或者明天把你带走，岂不都是一样？然而这种事还是越快越好。……我们走吧！”

“可是，……这有点奇怪。……”

“你，姑娘，是怕惹出笑话来吗？……对，这个笑话不比寻常，非同小可，不过与其把你留在此地，还是闹出一千个笑话来得好！我不能把你留在此地！明白了吧，奥尔迦？丢开你的胆怯，丢开你那种女人的逻辑，听我的话！要是你不愿意断送自己，你就听我的话！”

奥尔迦的眼睛说，她不明白我的意思。……可是另一方面，时间不等人，一直在往前走。他们在那边等我们，我们不能在林荫道上久站。我们得做出决定才行。……我把“红姑娘”搂在怀里，现在她事实上是我的妻子，这时候我才觉得我确实爱她，怀着丈夫的爱情爱她，觉得她是我的，她的命运要由我的良心负责。……我明白我已经跟这个人永久联系在一起，无可挽回了。

“你听我说，我亲爱的，我的宝贝儿！”我说，“这一步是大胆的。……这会闹得我们跟四周的人反目，给我们招来千万种责难和眼泪汪汪的抱怨。也许这甚至会断送我的事业，给我惹来千万种没法解决的麻烦。不过，我亲爱的，事情已经定局了！你就是我的妻子。……我再也不需要比你更好的妻子了，别去理睬她们那些女人！我活一天，就要叫你幸福一天，像保护眼珠一样保护你，我要叫你受教育，把你培养成好女人！我对你答应这一点，瞧，我向你伸出诚实的手！”

我讲得诚恳动人，富于感情，就像jeune premier①朗诵最激动人心的台词。……我讲得精彩，无怪一只雌鹫飞过我们头顶的时候，对我拍翅膀。我的奥莲卡接过我伸出去的那只手，用她的两只小手握住，温柔地吻它。然而这并不是表示同意。……这个缺乏经验的女人以前从没听到过演说，这时候她那有点傻气的小脸上现出困惑的神情。……她仍然不明白我的意思。……

“你说到你家里去，……”她沉思地说，……“我不大懂你的意思。……难道你不知道他会怎么说吗？”

“可是他说什么话都由他，这跟你有什么相干？”

“怎么叫有什么相干？不，谢辽查，你还是别说的好。……别提这个了，劳驾。……你爱我，我也就心满意足了。有了你的爱，哪

---

① 法语：演主要情人角色的男演员。

怕在地狱里我也能生活。……”

“可是你怎么生活呢，小傻瓜？”

“我就在这儿住，你呢，……每天都到我这儿来。……我就走出来迎接你。”

“可是我一想到你过这种生活，就不能不打哆嗦！……晚上你跟他在一起，白天你跟我在一起。……不，这不行！奥莲卡，目前我那样爱你，……简直嫉妒得要发疯。……我甚至连想也没有想到过我会有这样的感情。……”

然而我们多么粗心！我搂着她的腰，她温柔地摩挲我的手，而这当儿，随时都可能有人走过这条林荫道，看见我们。

“我们走吧，”我说，缩回我的手，……“你穿上外衣，我们走！”

“可是你干吗这样急急忙忙，……”她用哭声抱怨道，……“你匆匆忙忙像是要去救火似的。……上帝才知道你在胡想些什么！刚结完婚就立刻逃跑！人家会怎么说呢！”

奥莲卡耸了耸肩膀。她脸上的神情是那么困惑、惊讶、诧异，弄得我只好摇一摇手，把她的“生活问题”推迟到以后去解决了。再者我们也已经没有工夫继续谈话：我们已经登上露台的石阶，听见人们的说话声了。奥莲卡走到饭厅门口，理一下头发，看一看自己的衣服，走进去。她脸上看不出慌张的神情。出乎我的意料，她是极勇敢地走进去的。

“我把这个逃兵交还给你们，诸位先生，”我走进去说，在我的位子上坐下，“我好不容易才找着的。……我找得累极了。……我走进花园里，东张西望，不料她在林荫道上散步。……‘为什么您在这儿？’我问。……她说：‘没什么，那边太闷！……’”

她看看我，看看客人们，看看她的丈夫，……大笑起来。她忽然变得爱笑，高兴起来。我在她脸上看出她很想跟在座的这群人分享她突然得来的幸福，可是又不能用话语表达出来，就把它化成了欢笑。

“我多么可笑啊！”她说，“我哈哈大笑，可是我自己也不知道笑些什么。……伯爵，您笑吧！”

“苦啊！”卡里宁叫道。

乌尔别宁就咳嗽一声，带着疑问的神情看了看奥莲卡。

“怎么？”她问，皱起眉头。

“人家在喊‘苦’呢。”乌尔别宁笑吟吟地说，站起来，用餐巾擦嘴唇。

奥莲卡站起来，让他吻她那不动的嘴唇。……接吻是冷淡的，可是它更挑旺了在我胸中冒烟的一团火，这团火随时都会燃起熊熊的火焰。……我扭过脸去，抿紧嘴唇，开始等着散席。……幸好不久就散席，要不然我就会忍不住了。……

“跟我来！”饭后我走到伯爵跟前，粗鲁地说。

伯爵惊讶地看着我，跟我走出去，我把他领进一个空房间里。……

“你有什么事，好朋友？”他问，解开坎肩的纽扣，打了个嗝。……

“你在两个人当中挑一个吧，……”我说，满腔愤怒，几乎站不稳了，……“要么挑我，要么挑普谢霍茨基！你要是不对我保证过一个钟头叫那个坏蛋离开你的村子，那我从此再也不登你的门了！……我给你半分钟的时间做出答复！”

伯爵嘴里的雪茄烟掉下地。他摊开两只手。……

“你怎么了，谢辽查？”他问，瞪大眼睛，“你脸色都变了！”

“不要说废话，劳驾！我受不了暗探、流氓、坏蛋，也就是你的朋友普谢霍茨基。我凭我和你的良好关系要求你：叫他立刻离开此地！”

“可是他做了什么对不起你的事呢？”伯爵不安地说，“你为什么这样攻击他？”

“我问你：要我还是要他？”

“可是，好朋友，你把我放在十分为难的地位上了。……等一等，你的礼服上有一根小绒毛。……你要我办的是办不到的事！”

“再见！”我说，“我从此跟你断绝来往。”

我猛地回转身去，走进前厅，穿上外衣，很快地走出去。我穿过花园，往仆人房间走去，打算吩咐他们给我备马，不料半路上给人拦住了。……迎着我走过来的是娜嘉·卡里宁娜，手里端着一小杯咖啡。她也来参加乌尔别宁的婚礼，然而有一种意义不明的恐惧促使我避免跟她谈话。这一整天我一次也没走到她跟前去，一句话也没跟她说过。……

“谢尔盖·彼得罗维奇！”临到我走过她面前，微微举一下帽子，她就不自然地压低声音说，“等一下！”

“您有什么吩咐？”我走到她跟前，问道。……

“我没有什么要吩咐的，……再者您也不是听差，”她说，凝神看着我的脸，她的脸色白得厉害，……“您匆匆忙忙上什么地方去，不过要是您没有什么急事要办，我可以耽搁您一会儿吗？”

“当然可以。……我甚至不知道您为什么问这样的话。……”

“既是这样，那我们坐下吧。……您，谢尔盖·彼得罗维奇，”她等我们坐下后，继续说，“今天您老是不理我，躲着我，仿佛生怕碰见我似的，可是偏偏今天我下定决心要跟您谈一谈。……我性子高傲，自尊心强，……不会硬拉着人谈话，……不过一生之中牺牲一次自尊心总还是可以的。”

“您要谈什么呢？”

“我决定今天问一问您。……我的问题对我来说是丢脸而难于出口的，……我不知道我怎么经受得住。……您回答我的时候不要看着我。……难道您不怜惜我吗，谢尔盖·彼得罗维奇？”

娜嘉看着我，无力地摇摇头。她脸色越发苍白，上嘴唇颤抖起来，歪向一边……

“谢尔盖·彼得罗维奇！我老是觉得，……必是有一种误会，一时意气用事，把您和我拆开了。……我觉得要是我们把话都说出来，一切就会恢复老样子。……要不是我有这样的感觉，我也就下不了决心对您提出您马上就会听到的问题。……我，谢尔盖·彼得罗维奇，很不幸。……您必然看到这一点了。……我的生活算不得生活。……真是万念俱灰啊。……不过主要的是我有个疑团：我不知道该不该存着指望？……您对我的态度很难令人理解，任何明确的结论都得不出来。……您对我说一下，我就知道我该怎么办。……那我的生活也就好歹有个方向了。……那我也就能有所决定了。……”

“您是想问我一个问题吧，娜杰日达·尼古拉耶芙娜？”我说，预感到她会问个什么问题，已经暗自准备用什么话回答。

“是的，我想问一下。……提这样的问题是丢脸的。……要是外人听见，就会认为我硬要缠住您，就像……普希金的塔吉雅娜[①]一样。……然而这问题是由痛苦逼出来的。……”

确实，这问题是由痛苦逼出来的。临到娜嘉回过脸来对着我，准备提出这个问题，我却吓坏了：娜嘉不住地发抖，手指头痉挛地

① 普希金的诗体小说《叶甫盖尼·奥涅金》中的女主人公。

捏紧，她痛苦而缓慢地逼着自己说出那句关系重大的话来。她的脸色白得可怕。

“我能存着指望吗？”她终于小声说出口。“您不必害怕直说，……不管回答是什么样，总比不明确的局面好。那么怎样？我能存着指望吗？”

她等候回答，可是按我当时的心境，我却没法做出合理的答复。我几乎没听清娜嘉的话，因为我已经喝醉，加上山洞里的遭遇使我激动，普谢霍茨基的侦探勾当和奥尔迦的犹疑不决惹得我义愤填膺，而且我刚刚跟伯爵进行过愚蠢的谈话。

“我能存着指望吗？”她又说一遍，“您回答呀！”

“唉，我心里乱，答不上来，娜杰日达·尼古拉耶芙娜！”我摇一下手，站起来，“目前我没法做出任何答复。请您原谅我，我没听清您的话，也没听懂。我愚蠢，刚才在生气。……只是您不该这么激动，真的。”

我又摇一下手，丢下娜嘉走了。直到后来，等我清醒过来，我才明白不回答那个姑娘的简单明了的问题是多么愚蠢和狠心。……为什么我不回答呢？

目前我可以公正地看待过去，我就不再用我当时的心境来解释我的狠心了。……我觉得当时我没回答，是因为我在卖弄风情，装腔作势。人的灵魂是难于了解的，要了解自己的灵魂就更困难。如果我真装腔作势，那就求上帝宽恕我吧！不过，嘲弄别人的痛苦却是不应该得到宽恕的。

我一连三天在房间里从这个墙角走到那个墙角，就像关在笼子里的狼一样。我用尽我非凡的毅力不让自己走出家门。一大沓公文放在案头，耐心地等着我去处理，我却不去碰它。我什么人也不接待，老是骂波里卡尔普，怒气冲冲。……我不让自己到伯爵的庄园去，为要做得这样顽强，可费了我不小的劲。我一千次拿起帽子，又一千次把它放下。……我时而决定不管三七二十一，无论如何也要骑上马去找奥尔迦，时而又给自己泼冷水，决定坐在家里。……

我的理智反对我到伯爵的庄园去。既然我已经对伯爵起过誓再也不到他家去，那我还能牺牲我的自尊心和傲气吗？要是经过我们那次愚蠢的谈话以后，我还若无其事地到他那儿去，那个留着长唇髭的花花公子会怎么想呢？这岂不是等于承认我自己错了？……

再者，我既是正直的人，就应该跟奥尔迦断绝一切来往。我们的关系进一步发展下去，只可能给她带来毁灭，不会有别的结局。她嫁给乌尔别宁已经是犯了错误，再跟我私通就是又犯错误。一面跟老丈夫一起生活，一面又瞒着他另找情夫，她岂不成了小荡妇？姑且不谈这样的生活在道德上多么卑劣，总也得考虑一下它的后果啊。

我是个什么样的胆小鬼啊！我既怕后果，又怕现在，还怕过去。……一个普通人也会讪笑我这些想法。他不会从这个墙角走到那个墙角，不会抱住头，也不会订出各式各样的计划，他会把一切都交给生活去解决，而生活是甚至能把磨盘也磨成粉末的。生活自会消化一切，既不要人帮忙，也不要人同意。……可是我瞻前顾后到了怯懦的程度。……我从这个墙角走到那个墙角，由于同情奥尔迦而痛苦，同时转念想到她很可能领会我一时冲动向她提出的建议，真的到我家里来，照我应许她的那样永久住下去，我又吓坏了！万一她听从我的话，跑来找我，那可怎么好？那个“永久”会维持多久？可怜的奥尔迦跟我一起生活，会给她带来什么？我不会跟她成立家庭，因而也就不会给她幸福。不，我不应当去找奥尔迦！

可是另一方面，我的心又发狂似的想念她。……我对她念念不忘，就像初恋的男孩，别人不准他去rendez-vous[①]一样。我被山洞里发生的事诱惑着，一心盼望新的幽会。奥尔迦诱人的音容笑貌一分钟也不肯离开我的头脑，我知道她一定也盼望我去，思念得心焦。……

伯爵派人送来一封封信，一封比一封可怜，低声下气。……他恳求我“忘怀一切”，到他那儿去。他替普谢霍茨基道歉，要求我原谅那个“善良、纯朴而又有点眼光狭小的人”。他感到惊讶，因为我为一点小事就决意断绝老朋友的关系。他在最后写来的一封信上应许说他要亲自到我这儿来，而且如果我乐意的话，还要把普谢霍茨基也带来，说那个人要求我原谅他，“虽然他自己并没感到有什么过错”。我读完一封封来信，却不写回信，总是要求送信来的人不要再来打搅我。我善于装腔作势！

正当我的神经活动达到高潮，甚至有一次我正站在窗前，下定决心到伯爵庄园以外的什么地方去走一走；正当我折磨自己，跟自己争论，责骂自己，幻想着我再次和奥尔迦幽会的情景的时候，我的房门却轻轻地开了，我身后响起轻快的脚步声，不久我的脖子就让两条好看的小胳膊搂住了。……

“奥尔迦，是你吧？”我问着，回过头去看。

我凭她火热的呼吸，凭她搂住我脖子的姿态，甚至凭她身上的气味，已经知道是她来了。她把她的小头贴在我的脸颊上，我觉得她脸色异常幸福。……她幸福得说不出话来。……我把她搂在怀里，那种思念和那些疑问一连三天把我折磨得好苦，现在却不知都跑到

① 法语：幽会。

哪儿去了！我高兴得扬声大笑，蹦蹦跳跳，像小学生似的。

奥尔迦穿一身浅蓝色绸衣服，这跟她白皙的脸色和浓密的亚麻色头发很相称。这件衣服样式时髦，价钱极贵。它大概要破费乌尔别宁年薪的四分之一吧。……

“你今天多么漂亮！”我说，把奥尔迦抱起来，吻她的脖子，“哦，怎么样？近来可好？身体好吗？”

“可你这儿多么寒碜！”她把我的房间扫了一眼，说，“一个阔绰的人，挣很多的薪水，可是生活得多么……简单！”

“可是，我亲爱的，并不是所有的人都生活得像伯爵那么奢华，”我说，“不过我们别去提我的阔绰了。是哪个好心的神仙把你送到我这个洞穴里来的？”

“慢着，谢辽查，你把我的连衣裙揉皱了。……你把我放下。……我到你这儿耽搁一会儿就得走，亲爱的！我对家里的人说，我去找阿卡契哈，伯爵的洗衣女工，她就住在这儿不远，跟你隔着三户人家。……你放开我，亲爱的，这样不合适。……为什么你这么久没来？”

我回答了一句什么话，然后让她在我对面坐下，专心观赏她的美丽。……我们默默无言地互相看了一会儿。……

“你很漂亮，奥莲卡！”我说，叹了口气，“你这么漂亮，简直叫人惋惜、难过呢！”

“为什么惋惜？”

“鬼才知道你嫁了个什么人。”

“可是你还要怎样！我不就是你的吗？喏，现在我来了。……听我说，谢辽查，要是我问你一件事，你会对我说实话吗？”

“当然，会说实话。”

“假如我没嫁给彼得·叶果雷奇，你会娶我吗？”

“大概不会，”我想说出口，然而可怜的奥尔迦心上的那个伤口本来就很痛，我又何必再去撒把盐呢？

“当然。”我用说实话的口气说。

奥尔迦叹口气，低下了头。……

“我犯了多大的错误，犯了多大的错误啊！最糟的是没法补救了！总不能跟他离婚吧？”

“不能。……”

“当初我何必着急呢，我不懂！我们姑娘家都这么愚蠢轻浮。……真该有人来打我们一顿才对！不过，事情已经不能挽回，说这些也无益了。……讲道理也罢，流眼泪也罢，都无济于事。我，谢辽查，昨晚哭了一宵！他就在那儿，……在我旁边躺着，可是我心里却想着你，……睡不着觉。……我甚至想夜里跑掉，哪怕跑到树林里我父亲家去也好。……我宁可跟疯癫的父亲一起生活，也不愿意跟这个……该怎么称呼他好呢……”

“讲这些，奥莲卡，无济于事。……那一次你和我从捷涅沃村回来，你想到就要嫁给阔人而高兴的时候，倒应该考虑一下才对。……现在来发议论，已经太迟了。……”

“迟了，……那就随它去吧！”奥尔迦说，果断地摇一下手，“只求不要再糟就好，眼下还可以将就过下去。……再见！现在我该走了。……”

“不，不要走。……”

我把奥莲卡搂在怀里，连连吻她的脸，仿佛极力要弥补那三天的损失似的。她像受冻的羔羊那样依偎着我，用火热的呼吸烫我的脸。……随后是寂静。……

"丈夫把老婆杀死了！"我的鹦鹉大叫一声。……

奥莲卡打了个冷战，挣脱我的怀抱，探问地瞧着我。……

"这是鹦鹉说的，我亲爱的，……"我说，……"你放心吧。……"

"丈夫把老婆杀死了！"伊凡·杰米扬内奇又说一遍。

奥莲卡站起来，默默地戴上帽子，对我伸出一只手。……她脸上露出害怕的神情。……

"万一乌尔别宁知道了，会怎么样？"她问，睁大眼睛瞧着我，"他真会把我杀死的！"

"得了，别说了，……"我笑着说，"要是我容许他杀死你，我这人也太好了！再者他也未必干得出像凶杀这样不同寻常的事。……你走了？好，再见，我的孩子。……我等着。……明天我到树林里你以前住过的小屋旁边去。……我们再见面吧。……"

我把奥莲卡送走，回到我的书房里，看到波里卡尔普在那儿。他站在房中央，严厉地瞧着我，鄙夷地摇头。……

"以后这儿不许再有这种事，谢尔盖·彼得罗维奇！"他用严厉的父母的口气说，"我看不惯这种事。……"

"什么叫'这种事'？"

"就是那种事呗。……您当我没看见？我全看见了。……不准她再上这儿来！这儿不能干偷偷摸摸的事！自有别的地方干这种事。……"

我当时心情极其舒畅，因此波里卡尔普的窥探行径和教训口吻才没惹得我生气。我笑起来，把他打发到厨房里去了。

我还没来得及在奥尔迦来访之后定下心来，不料又有客人光临了。一辆轿式马车辘辘响着，驶到我的住所门前，然后波里卡尔普往两边啐唾沫，嘴里轻声骂着，通报我说"那个……家伙，该死的……来了"。也就是伯爵来了，波里卡尔普对伯爵恨之入骨。伯爵走进来，含着眼泪看着我，摇摇头。……

“你扭过脸去了。……你不想说话。……”

“我没扭过脸去。”我说。

“我那么爱你，谢辽查，可是你……为一点小事生气！你何苦伤我的心？何苦呢？”

伯爵坐下来，叹气，摇头。……

“得了，你别装出那么一副傻相！”我说，“行了！”

我对这个性格软弱、没骨头的人的影响是有力的，其程度足以同我对他的鄙视相比。……我的鄙夷口吻倒没使他抱屈，而是恰好相反。……他听到我说“行了”，就跳起来，开始拥抱我。……

“我把他带来了。……他坐在马车上。……你愿意他给你道歉吗？”

“你知道他的过错吗？”

“不知道。……”

“好得很。那就让他不必道歉了。只是你要警告他：要是以后再发生这类事情，我就不再发脾气，而要干脆想办法对付他了。”

“那么，这是讲和了吧，谢辽查？好极啦！早就应该这样，鬼才知道你们为了什么事闹翻脸的！活像是贵族女子中学的女学生！嗯，是啊，好朋友！你这儿有……半杯白酒吗？嗓子里干得厉害！”

我吩咐拿酒来。伯爵喝下两杯，在长沙发上躺下，摊开四肢，开始闲谈。

“刚才我，老兄，碰见奥莲卡了。……出色的女人啊！我得告诉你，我已经开始憎恨乌尔别宁了。……这就是说我开始喜欢奥莲卡了。……她漂亮得要命！我想追求她了。”

“不应该去碰有夫之妇！”我叹口气说。

"得了吧，把老头子……把彼得·叶果雷奇的老婆弄上手，可不算罪过。……他配不上她。……他活像一条狗：自己既不能吃，又不让人家吃。……今天我就要开始进攻，我要按部就班地干。……真是个迷人精啊，……嗯，……简直漂亮极了，老兄！害得人垂涎三尺呢！"

伯爵喝下第三杯酒，接着说：

"你可知道，当地的那些女人，还有谁招我喜欢？……娜坚卡，也就是卡里宁这个傻瓜的女儿。……头发乌黑，脸色白净，你知道，生着那么一对眼睛。……对她也得扔出一个钓钩去。……三一节[①]那天我要办个晚会，……有音乐，有歌唱，有文学朗诵，……特意约她来参加。……这个地方，老兄，事实证明挺不错，很有乐子呢！又有社交生活，又有女人，……而且……我可以在这儿睡……一会儿吗？……"

"可以。……不过普谢霍茨基和那辆马车怎么办？"

"让他去等着吧，见他的鬼！……我自己，老兄，也不喜欢他。"

伯爵用胳膊肘撑起身子，鬼鬼祟祟地说：

"我留下他是出于不得已，……无可奈何。……哼，滚他的吧！"

伯爵放下胳膊肘，他的头就落在枕头上。过一分钟，鼾声响起来了。

傍晚伯爵走后，我家里来了第三个客人：医师巴威尔·伊凡诺维奇。他来告诉我说娜杰日达·尼古拉耶芙娜病了，还说她……坚决拒绝他的求婚。这个可怜的人神色悲哀，好像一只淋湿的母鸡。

---

① 基督教节日，五旬节后那个周日。

富于诗意的五月过去了。……

紫丁香和郁金香纷纷凋谢，爱情的欢乐也注定同那些花一起凋谢，这种爱情尽管导致犯罪，令人痛苦，有时候却也能给我们的记忆留下永不磨灭的甜蜜时刻。像那样的甜蜜时刻，人是情愿用几个月和几年去换的！

六月间一天傍晚，太阳已经落下去，然而留下了宽阔的痕迹，一条金黄而又紫红的晚霞仍然染遍遥远的西方，预告明天是风和日丽的一天。这时候我骑着左尔卡往乌尔别宁所住的厢房走去。这天傍晚伯爵家里预定举办“音乐”晚会。客人们已经纷纷赶到，可是伯爵不在家：他骑马出去游逛，留下话说不久就回来。

过了一会儿，我拉住马缰，在门廊旁边站住，跟乌尔别宁的小女儿萨霞谈话。乌尔别宁本人坐在门廊的梯级上，用拳头支着脑袋，从大门口望出去，注视远方。他脸色阴沉，看样子不乐意回答我的问话。我没去打搅他，跟萨霞谈起来。

“你的新妈妈在哪儿？”我问她。

“她跟伯爵一块儿骑马出去了。她天天跟他一块儿骑马出去。”

“天天如此。”乌尔别宁嘟哝说，叹口气。

这一声叹息包含着许多意思。从这声叹息中可以听出一种也在激动我心灵的情绪，我极力想弄明白那种情绪，却又办不到，只好胡乱地猜测。

奥尔迦每天都跟伯爵一起骑马出去游逛。然而这没什么了不起。奥尔迦不可能爱上伯爵，乌尔别宁的嫉妒是没有根据的。我们不应当嫉妒伯爵，而应当嫉妒一种我很久都无法理解的别的什么东西。这种“别的什么东西”像高墙似的立在我和奥尔迦之间。她仍旧爱我，然而在上一次描写过的她那次来访之后，她到我家至多只来过两次，至于她在我家以外的地方跟我相会的时候，却总是有点古怪地涨红脸，抵死不肯回答我问的话。对于我的爱抚，她倒是热烈地回报的，不过她的动作总是那么奇特，那么战战兢兢，弄得我们的短促的幽会在我的记忆里只留下痛苦的困惑。她的良心不清白，这是显而易见的，然而究竟哪方面不清白，在奥尔迦的负疚的脸上却看不出来。

“我想你的新妈妈身体好吧？”我问萨霞说。

“挺好。不过夜里她总是牙痛。她常常哭。”

“她哭？”乌尔别宁扭过脸来看着萨霞说，“你看见了？这是你做梦吧，小宝贝。”

奥尔迦并没牙痛。如果她哭，那也不是因为牙痛，而是另有缘故。……我还想跟萨霞谈天，可是没能谈下去，因为传来了马蹄声，不久我们就看见骑马的人：一个男子在马鞍上难看地颠动，还有一个女人优雅地骑在马背上。为了不让奥尔迦看出我的高兴，我就把萨霞抱起来，用手指理顺她的淡黄色头发，吻她的头。

“你多么漂亮，萨霞！”我说，“你的鬈发多么好看！”

奥尔迦瞟了我一眼，默默地回答我打的招呼，挽住伯爵的胳膊，走进厢房。乌尔别宁站起来，跟着她走进去。

大约过了五分钟，伯爵从厢房里走出来。他从没这么高兴过。甚至他的脸也显得朝气蓬勃了。

“你道喜吧！”他说，挽住我的胳膊，笑个不停。

“道什么喜？”

“我胜利了。……只要再这样骑马出去逛一次，我敢凭我高贵祖先的遗骸起誓，我就会从这朵小花上摘下花瓣来。”

“可是目前还没摘下？”

“目前？……差不多了！一连十分钟‘你的手就在我的手心里’，”伯爵唱起来，“而且……她始终没缩回手去。……我吻了她的手！等到明天再说，现在我们走吧。人家在等我。哦，对了！我有一件事，好朋友，要跟你谈一谈。告诉我，亲爱的，听说你那个……在娜坚卡·卡里宁娜身上打坏主意，这是真的吗？”

“问这个干吗？”

“如果这是真的，那我不想碍你的事。暗中给人家下绊，那不合我的章法。要是你根本无意，那么，当然，……”

“我根本无意。”

“Merci，我的亲人儿！”

伯爵幻想同时打死两只兔子[①]，充分相信这件事他能做到。我就在目前所描写的这个傍晚观察他如何追逐那两只兔子。这种追逐愚蠢可笑，倒像是一幅精彩的漫画。看着这种追逐，人们只能对伯爵的鄙俗发笑或者气愤。不过谁也不可能想到这种幼稚的追逐到头来竟然弄得有些人道德堕落，另一些人毁灭，又一些人犯罪！

伯爵打死的兔子不只是两只，而是多得多！他把那些兔子打死了，可是它们的肉和皮他却没得到。

我看见他偷偷地捏奥尔迦的手，她每一次都用好意的笑容回报他，可是马上又做个轻蔑的鬼脸。有一次他为了表示他什么事都用不着瞒我，甚至当着我的面吻她的手。

“真是蠢货！”她凑着我的耳朵小声说，擦干净她的手。

“听我说，奥尔迦！”我等伯爵走后说，“我觉得你有话要对我说，是吧？”

---

① 引自俄国的谚语：同时追逐两只兔子，结果一只也捉不到。

我试探地看一眼她的脸。她面红耳赤，惊恐地眨巴眼睛，好像一只偷东西的猫被人捉住了似的。

“奥尔迦，”我厉声说道，“你得对我说出来！我要你说！”

“是的！我有几句话要跟你说，”她小声说，握住我的手，“我爱你，没有你我就活不下去，可是……你不要再来找我，我亲爱的！你不要再爱我，用‘您’称呼我吧。我不能再像先前那样做，……不行了。……你甚至不要表现出你爱我的样子。”

“可是为什么呢？”

“我希望这样。讲到原因，你不必知道，我也不会告诉你。有人来了。……你躲开我吧。”

我没从她面前走开，她只好中断我们的谈话。……正好她丈夫走过此地，她就挽住他的胳膊，带着假笑向我点一下头，走了。

伯爵的另一只兔子娜坚卡·卡里宁娜，这天傍晚特别受到伯爵的赏识。整个傍晚他都在她身边转来转去，给她讲故事，说俏皮话，眉目传情。……她呢，脸色苍白，神情痛苦，撇着嘴勉强做出笑容。调解法官卡里宁时时刻刻从旁看着他们，摩挲着胡子，意味深长地咳嗽着。伯爵献殷勤正合他的心意。他有伯爵做女婿了！对本县的bon vivant[①]来说还有什么能比这个幻想更甜蜜的？自从伯爵开始对他女儿献殷勤以后，他在他自己眼里长高了整整一俄尺[②]。他跟我谈话的时候，用多么神气的眼光打量我，多么恶毒地嗽喉咙！他好像在说：“喏，你讲究客套，你走了，可是我们才不在乎呢！现在我们有伯爵了！”

---

① 法语：追求享乐的人，此处指地主。

② 1俄尺等于0.71米。

第二天傍晚我又到伯爵庄园上去。这一回我没跟萨霞谈话，而是跟她哥哥，那个中学生谈话。男孩把我领到花园里，把他心里的话对我和盘托出。我问起他跟“新妈妈”生活得怎样，就引得他滔滔不绝地讲起来。

“她是您的好朋友，”他开口说，神经质地解开他制服的纽扣，“您会讲给她听的，可是我不怕。……您要告诉她就尽管去告诉！她是个坏女人、贱女人！”

他告诉我奥尔迦占用了他的房间，赶走了在乌尔别宁家里干过十年活的老保姆，老是大喊大叫，怒气冲冲。

“昨天您称赞我妹妹萨霞的头发。……那头发不是很好看吗？真跟亚麻一样！可是今天早晨她把萨霞的头发剪掉了！”

“这是嫉妒！”我暗自解释奥尔迦何以会动手做这种她平素不做的理发活儿。……

“您称赞的不是她的头发而是萨霞的头发，她似乎嫉妒了！”男孩说，肯定了我的想法。“她也折磨我爸爸。爸爸为她花掉很多钱，丢下工作不干，……现在又开始喝酒！又喝上了！她是个蠢娘们儿。……她成天价哭，说是她只有过穷日子的命，住在这么小的厢房里。莫非我爸爸没有很多钱也是他的不是？”男孩对我讲了许多伤心事。他看见了他那盲目的父亲没有看见或者不愿看见的事。这个可怜的孩子，父亲受欺负，妹妹和老保姆也受欺负。他那个小小的窝也给她占去，而他已经习惯了在那个小窝里陈放他的小书，饲养他捉来的小金翅雀。人人都受欺压，愚蠢而霸道的后娘要笑一切人！然而可怜的男孩做梦也没想到他的年轻的后娘会使他的一家受到那么可怕的侮辱，那是我在那天傍晚跟他谈过话以后亲眼看见的。在这样的侮辱面前，一切都相形见绌，萨霞被剪掉头发这件事同这相比也成了微不足道的小事了。

我在伯爵家里一直坐到夜深。我们照例喝酒。伯爵已经全然喝醉，我却略微带点醉意。

“今天她已经容许我偶尔搂一下她的腰了，”他嘟哝说，“那么明天我就可以更进一步啦。”

“哦，那么娜嘉呢？娜嘉那边搞得怎么样？”

“正在进行。她那边目前刚开了个头。我们目前还处在眉目传情的阶段。我，老兄，喜欢瞧她那对悲伤的黑眼睛。那对眼睛流露出那么一种不能言传、只能意会的东西。我们再喝一杯吧？”

“既然她有耐性跟你一连谈几个钟头，看来她看中你了。她的爸爸也看中你了。”

“她的爸爸？你说的是那个蠢货？哈哈！那个傻瓜还以为我有什么认真的打算呢！”

伯爵咳嗽起来，喝了点酒。

“他以为我要结婚呢！姑且不谈我不能结婚，就算是能结婚吧，然而如果把事情认真考虑一下，那么对我本人来说，勾搭一个姑娘也比跟她结婚诚实些。……跟一个醉醺醺而又不住咳嗽的未老先衰的人永远生活在一起，那是活受罪！要是我结了婚，我的妻子就会憔悴而死，或者婚后第二天就跑掉。……可这是什么响声？”

我和伯爵跳起来。……好几扇房门几乎同时砰砰地响，奥尔迦跑进我们房间里来了。她脸色白得像雪，浑身发抖犹如琴弦被人猛地弹了一下。她的头发披散开来，瞳孔张大。她喘得上气不接下气，手指揉搓着她胸前睡衣的皱褶。……

“奥尔迦，你怎么了？”我问，抓住她的手，脸色发白。

伯爵听到我无意中说出“你”，本来应当吃惊，可是他没听清。

他张开嘴，瞪大眼睛，浑身变成一个大问号，瞧着奥尔迦就像瞧着幽灵似的。

“出了什么事？”我问。

“他打我！”奥尔迦说，放声大哭，倒在圈椅上，“他打我！”

“他是谁？”

“我丈夫！我没法跟他一块儿生活！我走了！”

“岂有此理！”伯爵说，一拳头砸在桌子上。“他有什么权利！这是残暴，……这……这……鬼才知道这是怎么回事！打老婆？！打人！他为什么打你？”

“他平白无故打我，”奥尔迦擦干眼泪，讲起来，“我从口袋里拿出一块手绢，不料昨天您写给我的那封信也从口袋里掉了出来。……他跑过来，把信看一遍，……就打我。……他一把抓住我的胳膊，捏紧，……您看，至今我胳膊上还留着红印子呢。……他要我解释这是怎么回事。……我什么也没解释，跑到这儿来了。……您得给我做主！他没有权利这么粗暴地对待妻子！我又不是厨娘！我是贵族！”

伯爵从这个墙角走到那个墙角，他那由于喝醉酒而转动不灵的舌头喃喃地说了一些废话，如果翻译成清醒的语言，大概就是“论俄国妇女的地位”问题。

“这是野蛮！这是新西兰[①]！莫非这个乡巴佬也认为他死后应该把老婆杀了殉葬？只有野蛮人到另一个世界去才把妻子也一起带去！……”

我一时摸不着头脑。……奥尔迦突然穿着睡衣跑到这儿来，这

① 在此借喻“蛮荒地带”。

该怎么理解？我该怎样想，该做出什么决定？如果她挨了打，如果她的尊严受到侮辱，那她为什么不跑到她父亲那儿去，为什么不跑到女管家那儿去，……又为什么不跑到我那儿去？对她来说我毕竟亲近一点嘛！再说，她是否真的受了侮辱？我的心对我说，乌尔别宁那个老实人不会做这种事。那个大惊失色的丈夫目前必然感到痛苦，我的心由于意识到真情而收紧了。我没有对奥尔迦提出问题，也不知道该从何谈起，就开始安慰奥尔迦，拿葡萄酒给她喝。

“我犯了多大的错误！犯了多大的错误呀！”她含着眼泪，叹口气，把酒杯送到唇边，“可是当初他追求我的时候，却装得多么斯文！我认为他是天使而不是人呢！”

“那么您希望他喜欢您口袋里掉出来的那封信吗？”我问，“您希望他乐得哈哈大笑？”

“我们不谈这个！”伯爵打断我的话说，“不管怎样，他的行为总是卑鄙的！这样对待女人可不行！我要跟他决斗！我要给他点颜色看看！请您相信我，奥尔迦·尼古拉耶芙娜，我不会白白放过他！”

伯爵神气十足，就像一只小公鸡，其实谁也没有给他权利去干涉人家夫妇之间的私事。我一言不发，没反驳他，因为我知道，替别人的妻子报仇的话，无非是喝醉了酒关在屋子里胡说一通而已，至于决斗之类的话，到明天就会忘掉。可是为什么奥尔迦不说话呢？……我不愿意揣想她心里同意伯爵为她出力。我不愿意相信这只愚蠢而美丽的猫这样不顾体面，欣然同意让醉醺醺的伯爵来做他们夫妇之间的审判官。……

“我要叫他名誉扫地！”那个初出茅庐的骑士尖声叫道，“我少不了给他一个耳光！明天就干！”

她却没拦阻那个可恶的家伙讲下去，听凭他酒后骂人，而那个被骂的人的错处仅仅在于以前受了骗，现在也还受着骗而已！乌尔别宁用力捏了一下她的胳膊，惹得她不顾出丑而跑到伯爵家里来，如今这个醺醉的和道德堕落的人当着她的面践踏那个人的正直名声，往他身上泼污水，这个时候他也一定因为烦闷，因为吉凶未卜而痛苦不堪，感到自己受了骗，可是她呢，连眉毛都没动一下！

正当伯爵大发雷霆，奥尔迦擦干眼泪的时候，仆人端上烤山鹑来。伯爵切下半只山鹑，送到客人面前。……她否定地摇一摇头，后来却仿佛出于无意似的拿起刀叉，吃起来了。她吃完山鹑，喝下一大杯葡萄酒，不久她脸上就没有了泪痕，只有眼圈还有点发红，偶尔发出一声深长的叹息而已。

不久我们听到笑声了。……奥尔迦不住地笑，好像一个得到安慰而忘了委屈的孩子一样。伯爵瞧着她，也笑了。

“您知道我想出什么主意来了？”他挨着她坐下，开口说，“我打算在我家里举办一次业余演出。我们来演个有很好的女角色的戏。啊？您觉得怎样？”

他们就开始谈业余演出。这种愚蠢的谈话跟一个钟头以前奥尔迦脸色苍白、披头散发、哭哭啼啼地跑进来，脸上露出恐惧的神情相比，多么不相称！那种恐惧，那些眼泪，多么不值钱啊！

然而时间却在过去。时钟敲响十二点。在这样的时候，正派的女人要上床睡觉了。现在奥尔迦该走了。……可是十二点半，一点都已经敲过，她却仍然坐着跟伯爵谈话。

“现在该睡觉了，”我看一下钟说，“我要走了。……您容许我送您回去吗，奥尔迦·尼古拉耶芙娜？”

奥尔迦看看我，看看伯爵。

“可是我上哪儿去呢？”她小声说，“我可不能到他那儿去。”

“对，对，当然，您再也不能到他那儿去了，”伯爵说，“谁能担保他不再打您？不行，不行！”

我在房间里走来走去。紧跟着是一片寂静。我从这个墙角走到那个墙角，我的朋友和我的情人注视着我的脚步。我好像明白这种寂静和这种目光是什么意思。那里面含有一种等着我走、急得心焦的意味。我放下帽子，在长沙发上坐下。

“是这样的，”伯爵吞吞吐吐地说，急得直搓手，“是这样的。……事情是这样的。……”

时钟敲了一点半。伯爵很快地看一下钟，皱起眉头，在房间里走来走去。从他往我这边瞧的眼光可以看出他有话要跟我说，非说不可，然而又难于启齿，说出来会使人不愉快。

“你听我说，谢辽查！”他终于下定决心，在我身旁坐下，凑着我的耳朵说，“你，亲爱的，不要见怪。……当然，你明白我的处境，你不会觉得我的请求古怪、失礼。”

“你快点说吧！用不着这么转弯抹角的！”

“你看，事情是这样，……那个……你走吧，好朋友！你在碍我们的事。……她留在我这儿了。……你要原谅我赶你走，不过……你明白我多么心焦。”

“行。”

我的朋友惹得我恶心。他像得了热病似的浑身发抖，要求我离开他，让他和乌尔别宁的妻子待在一起，要不是我满心厌恶，我也许会把他像个小甲虫似的踩死。他，这个嗜酒成性、衰弱多病的隐士，却想占有在树林里和波涛汹涌的湖边长大、梦想着耸人听闻的死亡、富于诗情的“红姑娘”！不行，她应当离他远远的才对！

我走到她跟前去。

“我要走了。”我说。

她点一下头。

“我该离开这儿，是吗？”我问，极力想在她那张俊俏、绯红的小脸上看出真情来，“是吗？”

她略微动一动又长又黑的睫毛，以此回答：“是的。”

“你考虑好了？”

她扭过脸去躲开我，犹如躲开一股讨厌的风似的。她不想说话。再者该怎么说呢？对一个需要长谈的题目是不能简短地答复的，要长谈却又没有地方，也没有时间。

我拿起帽子，没告辞就走了。事后奥尔迦告诉我说，我一走，我的脚步声刚刚同风声和花园里的树木声混在一起，醉醺醺的伯爵就立刻把她紧紧地搂在怀里。她合上眼睛，闭住嘴巴和鼻孔，满心厌恶，站都站不稳。甚至有过一刹那，她差点挣脱他的怀抱，投到湖里去。有些时候她扯着头发哭。出卖自己是不轻松的啊。

我走出正房，往我的左尔卡所在的马房走去，路上必须经过管家的家。我往窗子里看一眼。屋里灯光暗淡，灯芯捻得太高，烟雾腾腾，彼得·叶果雷奇坐在一张桌子旁边。他的脸我看不见。那张脸被两只手蒙住了。不过他那粗壮、笨拙的整个身体表现了那么多的悲伤、痛苦、绝望，不必看他的脸也可以了解他的心境。他面前放着两个瓶子。一个已经空了，一个刚打开。两个都是酒瓶。可怜的人不能在自己身上，也不能在别人身上，而只能在酒精里寻求心灵的安宁了。

过了五分钟，我骑上马回家了。天色黑得可怕。湖里波涛澎湃，仿佛大湖见到我这样一个罪人刚刚目睹一件罪恶的事，现在竟敢来破坏它严峻的安宁，不由得勃然大怒似的。我在黑暗里看不见那个湖。仿佛有个目力看不见的怪物在咆哮，仿佛包围着我的黑暗本身在咆哮似的。

我勒住左尔卡的缰绳，闭上眼睛，在怪物的咆哮声中沉思。

“如果现在我回去，把他们杀死，怎么样？”

可怕的愤恨在我灵魂里翻腾起来。……经过长期堕落生活之后在我心里还留下的那一点点美好正直的东西，那一点点幸免于腐烂、为我所珍惜爱护、引以为自豪的东西，如今却遭到侮辱和唾弃，溅上污泥了！

以前我见识过出卖自己的女人，也花钱买过她们，研究过她们，然而五月间那天早晨我穿过树林到捷涅沃去赶集所见到的那种纯洁的绯红面颊和真诚的天蓝色眼睛，却是她们所没有的。……我自己已经腐败得无可救药，原谅一切道德败坏的行径，宣传要对它们加以宽容，我已经迁就到软弱的地步了。……我深深相信，对污泥不能要求它不是污泥，黄金由于环境的力量而滚进污泥里是不能加以深责的。……然而以前我却不知道黄金能够化成污泥，同污泥合而为一。这样看来，连黄金也可以溶解哟！

猛然刮来一阵大风，吹掉我头上的帽子，把它卷到周围的黑暗里去了。吹掉的帽子飞下地，碰了一下左尔卡的脸，它吓一跳，扬起前蹄直立起来，然后顺着熟悉的大路急驰而去。

我回到家里，扑倒在床上。波里卡尔普走来要给我脱衣服，却平白无故被我骂了声“魔鬼”。

“你自己才是魔鬼呢。”波里卡尔普嘟哝说，从床边走开。

“你说什么？你说什么？”我跳起来。

“聋子的耳朵才不管用。”

“啊啊，……你还敢跟我顶嘴！”我浑身发抖，把一肚子的气都发泄在可怜的仆人身上。……“滚出去！别让我再在这儿瞧见你的影子，混蛋！滚出去！”

我没等仆人走出房间，就往床上一扑，像小孩一样放声大哭起来。我那紧张的神经受不住了。无可奈何的愤恨、受了侮辱的感情、嫉妒，都在这一刻发泄出来。

“丈夫把老婆杀死了！”我的鹦鹉叫了一声，竖起稀疏的羽毛。……

在这叫声的影响下，我蓦地想到乌尔别宁可能把他的妻子杀死。……

我昏昏睡去，梦见了杀人的情景。噩梦害得我透不过气来，痛苦不堪。……我觉得我的手好像摸到个冷冰冰的东西，只要睁开眼睛，就能看见死尸。……我仿佛看到乌尔别宁站在我的床头，用恳求的眼睛瞧着我。……

在上述这一夜过去后，紧跟着就是暂时的平静。

我闭门家居，必得有公事要办，我才走出去，或者骑马出去。我的工作堆积如山，因此不可能感到烦闷无聊。我从早到晚靠桌子坐着，勤奋地写着，或者审问那些落到我侦讯的爪子里来的人。我再也不想念卡尔涅耶夫卡，也就是伯爵的庄园了。

我对奥尔迦也不再惦念。凡是从大车上掉下去的东西，就是丢失了，而她正好就是从我的大车上掉下去的东西，已经丢失，并且依我看来，再也找不回来了。我不想她，也不愿意想她了。

“愚蠢的荡妇！”每逢我加紧工作，她在我头脑里出现，我总是这样鄙夷地骂她一句。

偶尔，在我躺下睡觉或者早晨醒来的时候，我会想起我跟奥尔迦相识后的各种情景，想起我跟她为时不久的关系。我不由得回忆起石坟，“红姑娘”所住的林中小屋，通到捷涅沃的大路，山洞中的相会，……我的心就怦怦地跳起来。……我感到我的心像是被什么东西夹紧了似的疼痛。……可是这样的时候并不长。光明的回忆很快就在沉重的回忆的压力下黯然失色。过去的诗意怎么抵得住现在的污泥呢？而且现在我跟奥尔迦一刀两断以后，再也不像从前那样看待这种“诗意”了。……现在我把它看作错觉、伪善、做假，……在我眼里已经大大地丧失原来的魅力了。

我对伯爵也厌恶透了。我见不到他，反而高兴。每逢他那唇髭很长的脸胆怯地出现在我的头脑里，我总是生气。他每天都打发人给我送信来，在信上央求我不要心情忧郁，要我去拜访“不再孤独的隐士”。要是听从他信上的话，就无异于自寻烦恼了。

“全完了！”我暗想，……“这倒要谢天谢地。……这些事惹得我厌烦了。……”

我决定跟伯爵断绝来往，我丝毫也没费力就做出这个决定。现在我已经和三个星期以前为了普谢霍茨基跟伯爵吵过一架以后在家里坐也坐不住的情形大不相同。诱惑已经不存在了。……

我闭门不出，守在家里，后来却感到寂寞，就给医师巴威尔·伊凡诺维奇写信，约他来谈天。不知什么缘故我没收到回信，就又寄去一封。第二封信也跟第一封信一样，没得到答复。……显然，亲爱的眯眼做出生气的样子来了。……这个可怜的人遭到娜坚卡·卡里宁娜拒绝后，认为我是他的不幸的原因。他有权利生气，如果以前从没生过气，那也只是因为他不会生气罢了。

“他什么时候学会了生气的？”我没收到回信，困惑地暗想。

在我坚持闭门不出的第三个星期，伯爵来拜访我了。他因为我没去找他，也没回他的信而骂了我一阵，然后在长沙发上躺下来，在发出鼾声以前谈了谈他所喜爱的题目：女人。……

“我明白，”他说着，懒洋洋地眯起眼睛，把两条胳膊垫在脑袋底下，“你善于体贴人，守本分。你不到我这儿来，是因为生怕破坏我们的二重唱，……碍我们的事。……来得不是时候的客人比鞑靼人还坏，在蜜月里来的客人比生着犄角的魔鬼还要糟。我了解你。不过，我的朋友，你忘了你是朋友而不是客人，你受到热爱和尊敬。……是的，你来了，只会使得和声更圆满。……真称得起是和声呢，我的老兄！像那样的和声，我都没法向你形容！”

伯爵把脑袋底下的胳膊抽出来，摇了一下。

“我自己都弄不清楚我跟她一块儿生活得好不好。连鬼都弄不清楚！确实有些时候我情愿牺牲我一半寿命去换个‘bis’[①]，不过另一方面，又有些日子我却从这个墙角走到那个墙角，像是中了魔似的，恨不得哭一场才好。……”

“为了什么缘故呢？”

“我，老兄，不了解这个奥尔迦。她像是一种热病，而不是女人。……人得了热病就时而发烧，时而发冷，她恰好就是这样，一天要变五回。她一会儿欢天喜地，一会儿又烦闷得饮泣吞声，祷告上帝。……她时而爱我，时而又不爱。……有些时候她对我百般温存，我有生以来还没有遇到一个女人对我这么亲热过。可是另一方面，又经常有这样的事：我突然醒过来，睁开眼睛，却看见她扭过脸来瞧着我，……那张脸实在可怕，古怪。……它，那张脸，变了样子，满是愤恨和憎恶。……一见到这种脸相，她的妩媚就全消失了。……她常常这样瞧着我。……”

“带着憎恶瞧你？”

---

① 拉丁语：再来一次。

“嗯，是啊！……我怎么也弄不明白。……她口口声声说，她跟我相好纯粹是出于爱情，可是我却没有一夜不见到那样的脸相。这该怎么解释呢？我渐渐觉得（当然我不愿意相信这一点）她本来就看不上我，她委身于我也无非是贪图我现在给她买的那几件时髦衣服罢了。她也真爱穿得时髦！她穿上新衣服，就能从早到晚站在镜子面前不走开，只要衣服的皱边坏了，她就能黑夜白日哭个不停。……虚荣心太重！我最使她满意的，是我有个伯爵的头衔。假如我不是伯爵，她就不会爱我。每逢吃午饭或者吃晚饭，她总是含着眼泪责备我，怪我不把贵族请到家里来。你要知道，她希望在贵族社会里出风头呢。……这个怪女人！”

伯爵用昏沉的目光望着天花板，沉思了。使我大为吃惊的是，我发觉这一次他违反常规，没喝酒。这使我震惊，甚至使我感动。

“你今天倒很正常，”我说，“既没喝醉，也没要酒喝。这到底是怎么回事呢？”

“对，就是这样！我没有工夫喝酒了，我随时都在思考。……我，应当告诉你，谢辽查，认真入了迷，不是逢场作戏。我非常喜欢她。这也是可以理解的。……她是天下少有的女人，与众不同，更不要说她的外貌了。她倒不见得特别聪明，不过她有那么多的感情，优雅，富有生气！……那些以前爱过我的阿玛丽雅、安热丽卡和格鲁霞等等都平平常常，没法和她比。她像是从另一个世界里来的，从我不熟悉的世界里来的。”

“夸夸其谈了！”我笑着说。

“我入了迷，好像真爱上她了！不过现在我才看出来我是白费劲，好像求零的平方一样。她戴着假面具，在我心里引起不该有的惊扰。她脸上鲜艳而纯洁的红晕其实是用胭脂涂成的，她那爱情的热吻其实是要求买新衣服而已。……我把她留在家里当妻子看待，可是她的言谈举止却像是花钱买来的情妇。不过现在也算了！我已经克制我心里的纷扰，开始把奥尔迦看作情妇了。……算了吧！”

“哦，怎么样？她丈夫怎么样？”

“她丈夫？哦。……你想他会怎么样？”

“我认为现在很难想象再有人比他更不幸的了。”

“你这样想？这大可不必。……他是个可恶的坏蛋，可恶的骗子，我丝毫也不怜惜他。骗子是永远不可能不幸的，他总有办法的。……”

“你为什么这样骂他？”

“因为他是个狡猾的人。你知道我素来尊敬他，我相信他像相信朋友一样。……我，就连你也是如此，一般说来都认为他是老实人，为人正派，不会骗人。可是他却把我偷了个精光，抢劫一空！他利用他的管事地位任意处置我的财产。他没拿走的只有没法搬动的东西了。”

我素来知道乌尔别宁是个极其诚实、不图私利的人，因而听了伯爵的话就像给蛇咬了一口似的跳起来，往伯爵那边走去。

“你在他偷东西的时候当场抓住他了？”

“没有，不过我是从可靠的来源知道他的盗窃勾当的。”

“请问是什么来源？”

“你不用操心，我不会无缘无故冤枉人。奥尔迦已经把他的事全讲给我听了。她还在做他妻子以前就亲眼看见他把打死的鸡和鹅整车整车地运到城里去。她不止一次看见我的鸡和鹅成了礼物，送给他的一个什么恩人，他的那个做中学生的儿子就在那个恩人家里寄宿。此外，她还看见他把面粉、小米、猪油送到那儿去。就算这些东西都不值钱吧，可是难道这些东西都是他的？问题不在于价钱，而在于道德。这是不道德！还有，她看见他柜子里有一捆钞票。她问他那是谁的钱，从哪儿弄来的，他就央求她不要对外张扬，说他有钱。我亲爱的，你知道，他穷得要命！他的薪金只能勉强够一家人糊口。……那么请你对我解释一下，他这些钱是从哪儿来的？”

“你这个傻瓜居然听信那个小坏蛋的话？”我叫起来，气愤极了，“她从他家里跑出来，在全县面前丢尽他的脸，还嫌不够。她还要出卖他！那个小小的、娇弱的身体里却包藏着各式各样的坏心思！……什么鸡啦，鹅啦，小米啦。……你这个东家，东家！他在节前把一只打死的家禽拿出去送人，于是你那政治经济学的感觉，你在农务管理上的愚蠢想法，就受到侮辱了，其实那家禽即使不打死，不送人，也无非是让狐狸和黄鼠狼吃掉罢了。可是乌尔别宁交给你的大批账目，你核对过一次吗？你算过那成千上万的款子吗？没有！其实跟你谈这些有什么用？你愚蠢，野蛮。你一心要给你情妇的丈夫加上罪名，却又不知道该怎么着手！”

“这同我和奥尔迦的关系不相干。他是她的丈夫也罢，不是她的丈夫也罢，既然偷东西，我就得公开说他是贼。不过这种狡猾勾当我们暂且丢开不谈。你跟我说说看：领了薪金，却成天价喝醉酒，躺着睡大觉，这究竟算是老实还是不老实？他天天喝醉！我没有一天不看见他醉得东倒西歪的！可恶，下流！正派人可不这样办事！”

“他喝醉就是因为他为人正派。”我说。

“你有那么一种癖好，喜欢庇护这类先生。可是我已经决定毫不姑息。今天我已经打发人把他的薪金算清，送去，要求他把位子让出来，由别人接替。我的耐性已经到头了。”

要叫伯爵相信他自己不公正，不实际，愚蠢，我认为是白费唇舌。在伯爵面前是没法替乌尔别宁辩护的。

大约过了五天，我听说乌尔别宁带着他那个在中学读书的儿子和他的女儿搬到城里去住了。人家告诉我说，他是喝得醉醺醺，半死不活地坐车进城的，有两次从大车上摔下来。中学生和萨霞哭了一路。

乌尔别宁走后过了不久，我出于无奈，不得不到伯爵的庄园去一趟。有几个贼撬开伯爵的一个马房的锁，偷走了几副贵重的鞍子。他们通知法院侦讯官，也就是通知我，于是volens nolens[①]我只得去一趟。

我碰见伯爵喝醉酒，正在生气。他在各处房间里走来走去，想找个地方逃避痛苦，却又找不到。

“我跟这个奥尔迦过得痛苦不堪！”他摇一下手说，“今天早晨她生我的气，威胁说要去投湖自尽，就走出家门，你看，她至今没回来。我知道她不会投湖自尽，不过我心里还是不好受。昨天她一整天心绪恶劣，摔碟子砸碗，前天呢，吃多了巧克力。鬼才知道她是个什么路数！”

我尽我的力量安慰伯爵，跟他一块儿坐下来吃饭。

“不行，这种孩子气的事现在应该丢掉不干了，”他吃饭的时候不住地嘟哝着，“是时候了，要不然就愚蠢可笑了。再者，老实说，她那种突如其来的变化也惹得我厌烦。我想要个文静的、稳定的、本分的女人，你知道，就像娜坚卡·卡里宁娜那样的。……多好的姑娘啊！”

饭后，我在花园里散步，遇见“投湖自尽的女人”。她见到我就脸涨得通红，这个奇怪的女人幸福得笑起来了。在她脸上，羞臊里

① 拉丁语：不管愿意不愿意。

夹杂着欢乐，痛苦里夹杂着幸福。她斜起眼睛瞧我一会儿，然后紧跑几步，一句话也没说，搂住我的脖子。

“我爱你，”她小声说，抱紧我的脖子，“我想你想得好苦，要是你不来，我真要想死啦。”

我搂住她，默默地把她带到凉亭里。过十分钟临到我跟她分手，我就从口袋里取出一张二十五卢布钞票交给她。她瞪大眼睛。

“这是什么意思？”

“这是我为你今天的爱情付给你的钱。”

奥尔迦不明白，仍然惊讶地瞧着我。

“你要知道，”我解释说，“有些女人是为钱爱人的，她们出卖自己，那就应当给她们钱。你收下！既然你收别人的钱，为什么又不愿意收我的呢？我可不愿意沾光！”

不管我多么冷嘲热讽地对她横加侮辱，可是奥尔迦听不懂我的话。她还不熟悉生活，不明白什么叫“出卖自己的”女人。

那是八月间一个晴朗的日子。

太阳依然像夏天那样晒热大地，蔚蓝的天空亲切地招引人们往远处走去，可是空中已经有些秋意了。在若有所思的树林里，碧绿的密叶当中，有些枯萎的树叶显出金黄色。田野发黑，显得愁闷而哀伤。

沉闷的秋季就要不可避免地来临了，这种预感也压在我们的心头。不难看出结局临近了。只要什么时候打一阵雷，下一场雨，闷热的空气就会变得凉爽起来！打雷之前，天空中黑色和铅色的云块纷纷聚拢，天气闷热，精神上的郁闷也就在我们心里油然而生。这在我们的动作里，笑容里，谈话里，处处都表现出来了。

我坐着一辆轻快的双轮马车。调解法官的女儿娜坚卡坐在我身旁。她脸色白得像雪一样，下巴和嘴唇颤抖着，像是要哭出来似的，深邃的眼睛充满悲伤，可是她一路上又笑个不停，装出异常快活的样子。

各种马车，有新有旧，大小不等，在我们前面和后面行驶。马车两侧有男骑手和女骑手策马奔驰。卡尔涅耶夫伯爵穿着绿色的猎人服装，看上去与其说像猎人，还不如说像小丑。他骑着黑马，身子时而往前伛，时而往两旁歪，颠得厉害。瞧着他弯下去的身子，瞧着他憔悴的脸上不时闪过的痛苦神情，人们可能认为他还是初次骑马呢。他背上晃荡着一支簇新的双筒枪，腰上挂着猎物袋，袋子里有一只中弹的鹬鸟在扑腾。

那群骑手当中的佼佼者是奥莲卡·乌尔别宁娜。她骑着伯爵赠给她的黑色骏马，穿着黑色骑马装，帽子上插着白色翎毛，再也不像几个月前我们在树林里遇见的那个红姑娘了。现在她周身上下有一种庄严的“贵妇”气派。她每挥动一下鞭子，每笑一下，都力求显得尊贵庄严。她的动作和笑容含有一种咄咄逼人的逞强意味。她大模大样地昂起头，坐在马背上用蔑视的目光横扫全班人马，至于我们那些品行端正的太太们针对她发出的响亮评语，她听了似乎全不介意。她趾高气扬，卖弄她的厚颜无耻，卖弄她“在伯爵家里”的地位，仿佛她不知道她已经惹得伯爵腻烦，伯爵随时都在等待机会摆脱她。

“伯爵打算把我赶走！”全班人马从院子里走出来的时候，她大声笑着对我说。可见她已经知道她的地位，明白她的处境了。……

可是她为什么扬声大笑呢？我瞧着她，心里纳闷：一个树林里的居民，却有这么多卖俏的花样，这是从哪儿学来的？她什么时候学会了这么妩媚地在马鞍上摇晃身子，骄傲地扇动鼻孔，摆出一副驾驭一切的架势？

“荡妇跟猪一样，”医师巴威尔·伊凡内奇对我说，“你请她在桌子旁边坐下，她就会把脚放到桌子上去。……”

可是这个解释过于简单了。谁也及不上我那么迷恋奥尔迦，而我却准备头一个对她扔石头，但隐隐约约的真理之声对我说，这不是卖俏，不是心满意足的女人的夸耀，而是绝望，是对结局临近、在劫难逃的预感。

我们一清早出发去打猎，目前正在回家去。这次打猎不顺利。我们本来对沼泽地带抱着很大的希望，不料在那儿我们遇到一群猎人，他们告诉我们，野鸟都已经惊散了。我们好不容易碰到三只鹬鸟和一只小野鸭，把它们送到另一个世界里去了，这就是十来个猎人的全部战果。最后，一位骑马的女士牙痛起来，我们只好赶紧往回走。我们顺着田野旁边一条出色的大路回去，田野上新割下来的黑麦扎成捆，颜色黄澄澄的，后边却是一片阴郁的树林。……远处地平线上是伯爵的教堂和房屋，一片雪白。在它们右边，大湖那镜子般的水面辽阔地铺展开来，左边是那座乌黑的石坟。……

“多么可怕的女人啊！”每逢奥尔迦追上我们的马车，娜坚卡就小声对我说，“多么可怕！她漂亮得很，可也坏得很。……不久以前您不是在她的婚礼上做过傧相吗？从那时候起她还没来得及穿破她那双鞋，就已经换上别人的绸衣服，用别人的钻石摆阔了。……这种奇怪而急剧的转变简直叫人没法相信。……即使她有这样的天性，她总也该有所顾忌，推迟一两年再干嘛。……”

“她急于生活！她等不得了！”我叹道。

“那么您知道她丈夫现在怎么样了？”

“听说他在灌酒。……”

“是啊。……前天我爸爸进城去，看见他坐着一辆出租马车，不知到哪儿去。他的头歪在一边，没戴帽子，脸上很脏。……这个人完了！据说，他穷得厉害：没有东西吃，房钱也付不起。可怜的姑娘萨霞成天价坐着挨饿。我爸爸把这些都对伯爵讲了。可是您知道伯爵的为人！他诚实，善良，可是不喜欢动脑筋、考虑事情。他说：‘那我给他汇一百卢布去。’他不管三七二十一就汇去了。……我想，再也没有比送钱更使乌尔别宁难堪的了。……他感到伯爵的赠金是侮辱，就喝得越发厉害了。……”

“是的，伯爵愚蠢，”我说，“他原应该托我，用我的名义把钱汇去。”

“他没有权利送给他钱！假定我要掐死您，而您痛恨我，那我有权利养活您吗？”

“这是实话。……”

我们停住嘴，沉思不语。……我一想到乌尔别宁的命运，心头总感到沉重。现在那个毁灭他的女人骑着马在我眼前晃来晃去，这使我心里生出一大串沉重的想法。……他的结局会怎样？他儿女的结局会怎样？她最后会落到什么下场？那个虚弱、可鄙的伯爵会在什么样的精神泥坑里了结他的一生？

我身旁坐着唯一正派而值得尊敬的女人。……在我们县里，只有两个能够为我喜爱和尊敬的人，只有他俩才有权利不理睬我，因为他俩站得比我高。……他们就是娜杰日达·卡里宁娜和医师巴威尔·伊凡诺维奇。什么前途在等待他们呢？

“娜杰日达·尼古拉耶芙娜！”我对她说，“以往，虽然出于无心，我却给您招来了不少烦恼，我比任何人都缺少权利指望您对我开诚布公。不过我对您起誓，谁也不及我那样了解您。您的痛苦就是我的痛苦，您的幸福就是我的幸福。……如果现在我向您提出一个问题，请您不要怀疑我是出于无聊的好奇心。请您告诉我，我亲爱的，为什么您允许那个不成器的伯爵接近您？是什么东西妨碍您把他从身边赶走，不听他那些讨厌的殷勤话？要知道他的追求不会给正派的女人添光彩！为什么您让那些造谣中伤的人有理由把您的名字和他的名字扯在一起呢？”

娜坚卡用明亮的眼睛瞅着我，仿佛在我脸上看出了诚意，快活地微微一笑。

“那他们说了些什么呢？”她问。

“他们说您的爸爸和您都在笼络伯爵，可是伯爵到头来会使你们上当的。”

“他们不了解伯爵，所以才会这么说！”娜坚卡说，脸红了，“无耻的造谣家！他们养成习惯，专看人的坏处。……讲到好处，他们就没法理解了！”

“那么您在他身上找到好处了？”

“是的，我找到了！您应当头一个知道：要不是我相信他有认真的打算，我就不会容许他接近我！”

“原来你们的事情已经发展到需要‘认真的打算’的地步了？”我惊讶地说。“真快呀。……可是您要他那认真的打算干什么？”

“您想知道吗？”她问，她的眼睛炯炯有光，“那些造谣家没有胡说：我是打算嫁给他！您不要做出吃惊的脸相，也不用笑！您会说没有爱情就嫁人是不正当的，以及诸如此类人家已经说过一千遍的话，可是……我有什么办法呢？感到自己在这个世界上是件多余的装饰品，那是很难堪的。……活着而又没有目标是可怕的。……

要是我跟那个您这么不喜欢的人结了婚，那我就终生有工作可做了。……我就会教他学好，我就会叫他戒酒，教他工作。……您瞧瞧他的神情！现在他不像人样了，可我要帮他重新做人！”

“您还可以继续说下去，”我说，“您会掌管他那巨大的家业，您会做慈善工作。……全县都会感谢您，认为您是天使下凡，来安慰不幸的人的。……您会做母亲，会教育他的子女。……是啊，伟大的工作哟！您是个聪明姑娘，可是考虑事情却像个中学生！”

“就算我的想法一无是处，就算这种想法幼稚可笑吧，然而我是靠它活着的。……在这种想法影响下，我健康多了，也快活多了。……您不要扫我的兴！让我自己去幻灭吧，然而不是现在，而是将来，……以后，遥远的将来。……我们别谈这些了！”

“还有一个唐突的问题：您在等他求婚吗？”

“是的。……从我今天收到的他的来信判断，我的命运就要在今天……傍晚……决定了。……他在信上对我说，他有很重要的事要谈。……他说他一生的全部幸福都取决于我的答复。……”

“谢谢您的坦率。”我说。

娜坚卡接到的那封信的含意，在我是清楚的。那种丑恶的求婚在等着可怜的姑娘。……我决定把她从苦难中救出来。

“我们已经来到我们的树林了，”伯爵追上我们的马车说，“您，娜杰日达·尼古拉耶芙娜，要不要休息一下？”

他没等她答话，就拍着手心，用响亮而震颤的男高音下命令说：

“休息了！”

我们就在林边空地上下了车。

太阳已经藏在树木后面，只把那些最高的赤杨树梢染上带点金黄的紫红色，照得远远可以望见的伯爵的教堂上那个金色十字架闪闪发光。惊慌的青鹰和金莺在我们上边飞翔。有人向它们放了一枪，这就使得飞禽的王国越发惶惶不安。鸟类的吵闹不休的音乐会开始了。这种音乐会在春夏两季倒是有魅力的，然而当人们在空气中感到寒秋来临的时候，它就刺激人的神经，使人想到候鸟不久就要南飞了。

傍晚的清凉空气从密林里飘来。太太小姐们的鼻子有点发青，怕冷的伯爵开始搓手。空中开始弥漫茶炊的炭火气，茶具叮当地响起来，这气味和响声来得再适时也没有了。独眼的库兹玛呼呼地喘着，在长得很高的青草里绊绊跌跌，拉过来一箱白兰地。我们开始喝酒取暖。

在清新凉爽的空气里长久漫游，对我们的胃所起的作用比任何开胃药水都好。漫游之后，那些咸鱼肉、鱼子、烤山鹑和其他的食物，在我们眼里显得那么可爱，跟早春的玫瑰花一样。

“你今天真聪明，”我对伯爵说着，给自己切下一小块咸鱼肉，“你从没这么聪明过。很难安排得更聪明了。……”

“这是我跟伯爵一块儿安排的！”卡里宁笑呵呵地说着，向车夫那边挤一下眼睛，他们正从马车上取下一包包冷荤菜、葡萄酒和盘盏，“这个小小的野餐会办得挺体面。……最后还要上香槟酒呢。……”

这一次调解法官眉开眼笑，从来也没这么满意过。莫非他想着今天傍晚他的娜坚卡会有人求婚？莫非他准备下香槟酒就是要庆贺两个青年人的喜事？我定睛看一下他的脸，却没看出别的，只看到他平素那种无忧无虑的满足神情和他那胖身体透露出来的自以为了不起的神态。

我们高兴地吃着冷荤菜。对于放在我们面前毯子上的那些丰盛食物，只有两个人无动于衷，那就是奥尔迦和娜坚卡·卡里宁娜。奥尔迦站在一旁，胳膊肘靠在马车的后部，沉默不语，凝神望着伯爵丢在地下的猎物袋。猎物袋里有一只中弹的鹬鸟在扑腾。奥尔迦注视着不幸的鸟的活动，仿佛在等它死掉似的。

娜坚卡坐在我旁边，冷淡地瞧着那些嚼得起劲的嘴巴。

“这顿饭什么时候才能吃完呀？”她那双疲倦的眼睛仿佛这样说。

我给她一份夹鱼子的面包片。她道了谢，把它放在一边。她分明不想吃东西。

“奥尔迦·尼古拉耶芙娜！您为什么不坐下？”伯爵对奥尔迦嚷道。

奥尔迦没有回答，仍然像一尊塑像似的一动不动地站着，眼睛瞧着那只鸟。

“有些人心肠多么硬，”我走到奥尔迦跟前说，“难道您，一个女人，能够看着这只鹬鸟的痛苦而满不在乎？您与其看着它挣扎，还不如索性叫人把它弄死的好。”

“别人在痛苦，那就让它也去痛苦吧，”奥尔迦说，眼睛没看我，皱起眉头。

“那么还有谁在痛苦呢？”

“躲开我！”她嗓音沙哑地说，“今天我没有心思跟你讲话，……也不想跟你那个蠢伯爵说话！躲开我远远的！”

她看我一眼，眼睛里充满愤恨和泪水。她脸色煞白，嘴唇发抖。

“什么样的变化呀！”我说，拿起猎物袋，把那只鹬鸟弄死，“什么样的口气呀！我吓了一跳！我吓坏了！”

“我跟你说，你躲开我！我没有兴致开玩笑！”

“你怎么了，我的迷人精？”

奥尔迦的眼睛把我从头到脚打量了一下，然后扭过脸去。

“对淫荡的和出卖自己的女人才会用那样的口气讲话，”她讲道，“你就是把我看成那样的女人，……好，你就去找圣徒吧！……我是这儿最坏最下流的女人。……刚才你跟那个品行端正的娜坚卡一块儿坐在马车上，你都不敢看我。……好，那你就到他们那边去吧！你站在这儿干吗？走哇！”

“对，你就是这儿最坏最下流的女人，”我说，感到愤怒渐渐涌上我的心头，“对，你就是淫荡的和出卖自己的女人。”

“是的，我想起那一回你怎样给我那些该死的钱了。……那时候我不明白是什么意思，可是现在我明白了。……”

愤怒控制了我的全身心。这种愤怒是那么强烈，不下于以前我心里对红姑娘产生的爱情。……再者，谁能无动于衷，什么样的石头能无动于衷呢？我看见面前站着一个美人，却给无情的命运丢在污泥里。她的青春也罢，美丽也罢，优雅也罢，命运一概不怜惜。……现在我越是觉得这个女人比以前任何时候都美丽，就越是感到大自然在她身上遭到多大的损失，于是我的灵魂对命运的不公正和对万物的秩序也就充满了沉痛的愤怒。……

我在愤怒的时候管不住自己。要不是奥尔迦转过身去，背对着我，而且走掉，我真不知道她还会听见我说出些什么话来。她慢慢地往树林那边走去，不久就消失在那里面了。……我觉得她似乎哭了。……

“你们，诸位女士和诸位先生！”我听见卡里宁在发表演说，“今天，我们大家聚在一起，为了……为了团结起来。……我们在这儿聚会，互相认识，共同欢乐。对于我们这种盼望已久的团结，我们不应该归功于别人，而只应当归功于我们的明星，我们全省的明星。……您，伯爵，不必难为情。……诸位女士都明白我说的是谁。……嘻嘻嘻！……好，我接着讲下去。……既然我们把这一切都归功于我们的有教养的和年轻的……卡尔涅耶夫伯爵，那么我提议大家举起酒杯来为……可是有人来了！是谁呀？”

一辆四轮马车从伯爵的庄园那边往我们坐着的林边空地驶来了。……

“这会是谁呢？”伯爵惊讶地说，举起望远镜往马车那边望去，“嗯，……奇怪。……大概是过路的人。……啊，不对！我看见卡艾坦·卡齐米罗维奇的脸了。……他身旁还有一个人是谁？”

伯爵忽然跳起来，就像被蛇咬了一口似的。……他的脸变得跟死人一样惨白，手里的望远镜掉下了地。他的眼珠转来转去，好比一只被人捉住的耗子，目光时而停在我身上，时而停在娜坚卡身上，仿佛要我们帮忙似的。……并不是所有的人都看出他神色慌张，因为大多数人的注意力都让那辆正在驶来的马车吸引去了。

“谢辽查，你过来一会儿！”他小声说着，抓住我的胳膊，把我领到一边去，“好朋友，我把你看作朋友，看作最好的人，求你帮个忙。……不要提问题，不要用这种追究的眼光瞧我，不要惊讶！以后我会全告诉你！我起誓，我一点也不会瞒你。……这是我一生中极大的不幸，我不幸得没法跟你说了！以后你都会知道，现在别问！你帮帮我！”

这当儿那辆马车却越来越近。……最后它停下来，于是我们伯爵的那个愚蠢的秘密被全县的人都知道了。普谢霍茨基气喘吁吁，从马车上走下来，穿一身新做的茧绸衣服，满面笑容。他后面有个年轻的女人，年纪二十三岁左右，灵活地跳下车来。她是个金发女人，身材高而苗条，五官端正，却又不招人喜欢，生一对深蓝色眼睛。我只记得她那一无表情的蓝眼睛、扑满脂粉的鼻子、沉重而华丽的衣服、戴在两只手上的大镯子。……我记得傍晚的潮气和斟出来的白兰地气味都被她身上那股浓重刺鼻的香水味压倒了。

"你们人好多啊！"这个陌生的女人用生硬的俄国话说，"大概很快活吧！你好，阿历克塞！"

她走到阿历克塞跟前，把脸送到他嘴边去。伯爵很快地吻她一下，惊慌地看一眼客人们。

"这是我的妻子，我介绍一下！"他喃喃地说，"这些人都是我的好朋友，索霞。……咳。……我有点咳嗽。"

"我刚到此地！卡艾坦对我说：'你休息一下！'可是我说，我一路上都睡觉，何必休息呢！我还是去打猎的好！我就换好衣服，来了。……卡艾坦，我的纸烟在哪儿？"

普谢霍茨基跑到金发女人跟前，拿给她一个金烟盒。

"他是我妻子的哥哥，……"伯爵继续喃喃地说，指了指普谢霍茨基，"你帮一帮我啊！"他捅一下我的胳膊肘说，"看在上帝面上，救救我！"

我听说，当时卡里宁头晕了，娜嘉想帮他忙，却又站不起来。我还听说，许多人赶紧坐上自己的马车，走掉了。所有这些我都没看见。我记得我当时已经往树林里走去，只顾寻找小径，眼睛没往前看，任凭两只脚往前走去。[①]

我走出树林的时候，两只脚上挂着一块块的黏土，周身上下满是污泥。大概我越过了一条小溪，然而这件事的详情我记不得了。我像是让人用木棍痛打了一顿似的，觉得非常疲乏难受。我本来应

---

① 在卡梅谢夫的原稿上，此处删去一百四十行。——契诃夫注

当到伯爵的庄园上去，骑上左尔卡赶路。可是我没这样做，却步行回家了。我再也不愿意看到伯爵和他那该死的庄园了。[①]

我沿着湖边的道路走回去。那个水面广阔的怪物开始怒吼，唱着傍晚的歌。整个广阔的湖面上布满高大的浪头和白色的浪峰。空中响着哗哗声和轰轰声。潮湿的冷风吹入我的骨髓。左边是怒吼的大湖，右边是严峻的树林传来单调的飒飒声。我觉得我孤零零地面对大自然，就像在公堂上对质似的。仿佛大自然的全部愤怒、全部响声、全部咆哮都是针对我一个人来的。换了在别的情况下，我也许会感到胆寒，然而现在我却几乎没留意到我四周的那些巨人。同我胸中掀起的风暴相比，大自然的愤怒算得了什么呢？[②]

我回到家里，没脱衣服就倒在床上。

"真不要脸，又穿着衣服在湖里洗澡了！"波里卡尔普一面给我脱掉湿透而泥污的衣服，一面抱怨起来，"又来这一套，我的磨人精！还算是受过教育的上等人呢，比随便哪个扫烟囱的都不如。……我真不知道您在大学里学了些什么东西。"

我听不得人的声音，看不得人的脸，有心对波里卡尔普吆喝一声，叫他躲开我，然而我的话卡在嗓子里说不出来。我的舌头那么疲乏无力，不亚于我的身体。不管我觉得多么难受，可是我不得不听任波里卡尔普脱掉我身上所有的衣服，甚至把浸湿的内衣也脱下来。

"你至少翻个身嘛！"我的仆人抱怨说，把我当成小玩偶似的翻

① 在原稿上，此处用墨水笔画着一个俊俏的女人头部，脸上现出恐惧的神色。下面的所有文字都已经仔细地涂掉。下一页稿纸的上半页也已经涂掉。在密密层层的墨点之中，只有"鬓角"两个字可以隐约认出来。——契诃夫注

② 此处又有删节。——契诃夫注

过来，翻过去，“明天我辞职不干了！我不干，……给我多少钱也不干！我这个傻瓜受够了罪！要是我还留在这儿不走，那就叫我不得好死！”

干净、温暖的内衣没有使我暖和过来，也没有使我心情平静下来。我又愤怒又害怕，不住地发抖，而且抖得那么厉害，连牙齿都打战。这种害怕是没法解释的。……我之所以害怕倒不是因为我见到了幽灵或者从坟墓里钻出来的僵尸，甚至挂在我床头上方的我那前任波斯彼洛夫的照片也与此无关。他那对没有生气的眼睛一刻也不放松我，似乎一眨一眨的，然而我瞧着他，却一点也不畏缩。我的前途并不灿烂，可是我仍然可以有很大的把握说，并没有什么东西在威胁我，近处也没有什么乌云。死亡不会来得很快，我又没有什么重病。至于我个人的不幸，我不大在意。……那么我怕什么呢，为什么我的牙齿打战？

就连我为什么愤怒，我也不理解。……伯爵的“秘密”不可能惹得我这样勃然大怒。伯爵也罢，他瞒着我的他那件婚事也罢，一概跟我不相干。

剩下来就只有用精神失常和体力疲乏来解释我那时候的心境。我找不出另外的解释了。

波里卡尔普走后，我拉过被子来蒙上头，打算睡觉。屋里黑下来，很安静。鹦鹉在笼子里不安地转动，波里卡尔普房里墙上的挂钟发出匀称的嘀嗒声，此外，再也听不到什么声音，到处都是安谧和寂静。体力上和精神上的疲劳占了上风，我开始昏昏睡去。……我感到一块沉重的东西渐渐从我身上掉下去，一些可恨的人影在头脑里化为迷雾。……我记得我甚至开始做梦。我梦见冬天一个晴朗的早晨我在彼得堡的涅瓦大街上走着，闲着没事做而观看商店的橱窗。我心里轻松欢畅。……我没有什么地方急于要去，也没有什么事要做，简直是绝对地自由。……我想到远远地离开我的村子，离开伯爵的庄园，离开波涛汹涌而冷冰冰的湖，这就使我的心越发安宁欢畅了。我在一个极大的橱窗跟前停下，细看女帽。……我熟悉那些女帽。……我看见其中有一顶由奥尔迦戴着，另一顶由娜坚卡戴着，第三顶戴在打猎那天突然光临的索霞那生着淡黄头发的脑袋上。……那些熟识的脸在帽子底下微笑。……我想跟她们说几句话，不料她们三个人合成一张通红的大脸。那张脸气愤地转动眼珠，吐出舌头。……不知一个什么人在我身后掐住我的脖子。……

“丈夫把老婆杀死了！”红脸大叫一声。我打了个冷战，大叫一声，像被蛇咬了一口似的从床上跳起来。……我的心跳得厉害，额头上冒出冷汗。……

“丈夫把老婆杀死了！”鹦鹉又叫一声，“给我糖！您多蠢啊！傻瓜！”

“这是鹦鹉，……”我在床上躺下，安慰自己说，“谢天谢地。……”

外面响起单调的怨诉声。……那是雨点在敲打房顶。……先前我在湖边行走，看见西边上来乌云，现在那乌云遮蔽整个天空了。闪电微弱地放光，照亮去世的波斯彼洛夫的照片。……我的头顶上响起隆隆的雷声。……

“这是今年夏天最后一次雷雨了。”我暗想。

我不由得想起今年夏天最初几次雷雨中的一次。……当初我头一次到守林人的小屋里去，树林里也响起这样的雷声。……当时我和红姑娘站在窗前，瞧着被闪电照亮的松树。……那个美人的眼睛里闪着恐怖的光芒。她对我说她母亲就是死于闪电，她自己也渴望耸人听闻的死亡。……她希望自己穿戴得跟本县最富的贵妇一样。

她感觉到华丽的盛装正好显出她的美丽。她体会到自己那种震惊俗世的威力，为此自豪，一心想登上石坟的峰顶，在那儿迎接耸人听闻的死亡。……

她的愿望已经实……虽然不是在石……[①]

我已经失去睡熟的一切希望，就索性起来，坐在床上。雨点轻轻地怨诉声渐渐变成愤怒的咆哮声，每逢我心里没有恐惧和恼恨的时候，我倒是很喜欢这种咆哮声的。……可是现在我却觉得这种咆哮声凶险得很。响雷一声接着一声，连续不断。

"丈夫把老婆杀死了！"鹦鹉又大叫一声。

这是它最后的一句话。……我战战兢兢地闭上眼睛，在黑地里摸到笼子，拿起来往墙角上一扔。……

"见你的鬼去吧！"我听见笼子的响声和鹦鹉的惨叫，嚷道。……

可怜的高贵的鸟！笼子摔到墙角里，那只鸟就大难临头了。……第二天笼子里装着一具冰冷的尸体。为什么我要把它弄死？如果它爱说的那句丈夫杀死老婆的话使人想起……[②]

我的前任波斯彼洛夫的母亲把这所住宅让给我的时候，要我付全部家具的钱，就连那些我不认得的人的照片也包括在内。然而那只宝贵的鹦鹉，她却没有拿我一文钱就留下了。她动身到芬兰去的前一天，跟她那高贵的鸟告别了一夜。我至今记得她告别的哭泣声和怨诉声。我记得她眼泪汪汪地央求我照看她的朋友，等着她日后

---

① 可惜此处的文字又被涂掉。可以看出卡梅谢夫不是在写作当中，而是在写完以后涂掉这段文字的。……我在这个中篇小说的结尾处将特别提到这些涂抹掉的地方。——契诃夫注

② 此处几乎有整整一页被凌乱地涂掉。只有少数几个字未涂掉，但它们没有提供线索借以理解被涂掉的文字。——契诃夫注

回来。我对她担保说她的鹦鹉不会因为跟我相识而后悔。我却没有履行我的诺言。我把鸟摔死了。我可以想象，如果老太婆知道她这只饶舌的鸟的命运，会说些什么话！

不知什么人在小心地敲我的窗子。我住的这所小房立在大道旁边，是本村尽头几所房子中的一所。我不止一次听到过敲窗子的声音，特别是天气很坏，过路的行人寻觅投宿处的时候。这一次敲我窗子的却不是过路的行人。我走到窗前，等到电光一闪，就看见一个又高又瘦的人的乌黑身影。他站在窗前，似乎冷得缩起身子。我推开窗子。

"是谁？有什么事？"我问。

"谢尔盖·彼得罗维奇，是我！"我听见一个凄凉的说话声，只有全身冻僵、心里害怕的人才会用那样的声音讲话，"是我！我来找您，我的好朋友！"

使我大吃一惊的是，我从黑人影的凄凉的声调里听出这是我的朋友巴威尔·伊凡诺维奇医师。眯眼素来过严谨的生活，总是在十二点钟以前就上床睡觉，因而他的来访就不可理解了。什么事情促使他改变常规，夜间两点钟跑到我这儿来，而且又是在这样糟糕的天气？

"您有什么事？"我问，心里骂着这个不速之客，巴不得他立刻走掉。

"对不起，好朋友。……我想敲大门，可是您的波里卡尔普现在大概睡得跟死人一样。我就决定敲窗子了。"

"可是您有什么事呢？"

巴威尔·伊凡诺维奇走近我的窗口，含糊地说了句叫人听不明白的话。他索索地打抖，样子像个醉汉。

“我在听您说话！”我不耐烦地说。

“您，……您，我看得出来，生气了，不过，……要是您知道出了什么事，您就不会因为睡不好觉，因为我来得不是时候这样的小事生气了。……现在不应该睡觉！我的上帝啊！我在这个世界上活了三十年，今天才头一次感到深深的不幸！我不幸啊，谢尔盖·彼得罗维奇！”

“哎，到底出了什么事？而且跟我有什么相干呢？我自己都几乎站不稳了。……我顾不上别人的事！”

“谢尔盖·彼得罗维奇！”眯眼用要哭的声音说，把被雨淋湿的手伸到我的脸跟前，“正直的人啊！我的朋友啊！”

随后我听见男人的哭声。医师哭了。

“巴威尔·伊凡内奇，您回家去吧！”我沉默一会儿以后说，“现在我没法跟您说话。……我害怕我的心境，也害怕您的心境。……我们不会互相了解的。……”

“我亲爱的！”医师用恳求的声音说，“您跟她结婚吧。”

“您发疯了！”我说，“砰”的一声关上窗子。……

医师是在鹦鹉之后第二个由于我心境不好而受苦的人。我没请他到房间里来，却把窗子对着他的脸关上了。这两个粗暴无礼的反常行动，如果是别人用来对待我，那么即使对方是女人，我也会要求决斗[1]。可是温和而不会生气的眯眼却压根儿就没想到决斗。他不知道什么叫生气。

大约过了两分钟，电光猛地一闪，我看一眼窗外，瞧见我的客

---

① 这一句的后面删掉一行，不过这一行可以隐约认出来：“把她的脑袋从脖子上拧下来，而且把所有的窗子都打毁。”——契诃夫注

人弯下身子站在那儿。这一次他的姿态充满请求和期待，好比乞丐等候施舍。他大概等着我原谅他，允许他把话说完。

幸而我的良心感动了。我开始为自己悲叹，悲叹大自然赋予我这样残忍和卑鄙的品性！我那下贱的灵魂跟我健康的肉体一样，硬得像铁石。[①]……我走到窗前，把窗子推开。

“您到房间里来吧！”我说。

“没有工夫了！……每一分钟都是宝贵的！可怜的娜坚卡服毒自杀，医生不能离开她。……可怜的姑娘险些儿没法抢救了。……难道这不是不幸？您能关上窗子不听吗？”

“她到底还活着吗？”

“‘到底还……’不能用这种口气来谈不幸的人，我的好朋友！谁能料到这个聪明正直的女人甘愿为伯爵那么个家伙跟生活诀别呢？是啊，我的朋友，对人们来说，不幸的是，女人不可能十全十美！不论一个女人多么聪明，不论上天赋予她多么优美的品质，可是她总不免有点毛病，既妨碍她自己，也妨碍别人生活下去。……就拿娜坚卡来说，……喏，她为什么这样做呢？要面子，要面子啊！病态的自尊心呀！为了气一气您，她才起意嫁给伯爵的。……她才不需要他的钱，他的爵衔呢。……她所需要的无非是满足她那种古怪的自尊心罢了。……可是忽然来了挫折！……您知道，他的妻子来了。……原来这个浪子结过婚。……有人说什么女人经得起风浪，她们比男人善于忍受痛苦！……如果这么一件毫无价值的事就能引

① 下文是关于作者精神上的忍耐力的描写，文字生动而浮夸。他即使见到人们的悲痛、鲜血、法院的尸体解剖等，似乎也不会受到任何影响。整个这段文字都带着夸耀的天真和不诚实的痕迹。这种描写粗野得惊人，我就把它删掉了。作为卡梅谢夫的性格描写来看，这段文字并不重要。——契诃夫注

得女人拿起含磷的火柴来，那还谈得上什么经得起风浪？这不是经得起风浪，这是虚荣心重！”

“您会感冒的。……”

“我刚才看见的那种情形比无论什么严重的感冒都糟。……那对眼睛，那种苍白的脸色，……啊！本来就恋爱不顺利，后来想气一气您，又不顺利，如今再加上自杀不顺利。……很难想象还有更大的不幸了！……我亲爱的，要是您有哪怕一点点同情心，要是……要是您能见到她，……是啊，为什么您不到她那儿去一趟呢？您爱过她！就算您现在不爱她了，可是为她牺牲一点空闲时间，那有什么不可以的？人的生命是宝贵的，为它可以牺牲……一切！您救救她的命吧！”

有人使劲敲我的大门。我打了个冷战。……我的心出血了！……我不相信预兆，可是这一次我的惊慌不是平白无故的。……有人在外面敲门。……

“是谁啊？”我在窗口叫道。

“我要找您！”

“什么事？”

“伯爵有一封信给您。老爷！出了人命案！”

一个穿着羊皮袄的黑人影走到窗前来，嘴里抱怨着天气，递给我一封信。……我赶快离开窗口，点上蜡烛，把信看了一遍：“请你看在上帝分上，忘掉世上的一切，立刻到我这儿来。奥尔迦被人谋杀了。我方寸大乱，马上就要发疯了。你的阿·卡。”

奥尔迦被人谋杀了！这句短短的话弄得我头昏脑胀，两眼发黑。……我在床上坐下，脑子里没法思考，两条胳膊垂下来。

“巴威尔·伊凡诺维奇，是您吗？”我听见派来的那个农民在说话，“我刚才本想到您那儿去。……伯爵也有一封信给您。”

过了五分钟我同眯眼坐在一辆带篷的马车上，到伯爵庄园上去。……雨点敲打马车的篷顶，不时有耀眼的电光在我们前面闪亮。

湖水的咆哮声响起来。……

这出惨剧的最后一幕开场了，两个剧中人物坐着车子去看一幅撕裂人心的画面。

“喂，您想我们会碰到什么样的事？”我在路上问巴威尔·伊凡诺维奇。

“我什么也没想。……我不知道。……”

“我也不知道。……”

“从前哈姆雷特抱憾天地的神灵禁止自杀这种罪行，现在我也同样抱憾命运叫我做了医生。……我深深地抱憾啊！”

“恐怕现在该轮到我来抱憾我是法院侦讯官了，”我说，“如果伯爵没有把谋杀和自杀混为一谈，如果奥尔迦确实被人谋杀了，那我的可怜的神经就要受罪了！”

“您可以拒绝承办这个案子。……”

我用追究的眼光瞧着巴威尔·伊凡内奇，可是因为天黑，我当然什么也没看见。……他怎么知道我可能拒绝承办这个案子？我是奥尔迦的情夫，不过这件事除了奥尔迦本人，也许再加上以前曾向我鼓过掌的普谢霍茨基以外，还有谁知道呢？……

“为什么您认为我可以拒绝呢？”我问眯眼。

“我随便说说的。……您可能生病，也可能辞职。……这样做丝毫也不影响您的名声，因为总有人来接替您，可是医生的处境就完全不同了。……”

“就只是这样吗？”我暗想。

我们的马车在土路上经过痛苦的长途跋涉后，终于在伯爵家的门口停住。门口上方两个窗子里灯光明亮，极右边奥尔迦的卧室里灯光微弱，其余的窗子里一团漆黑。我们在楼梯上遇见猫头鹰。她用尖刻的小眼睛看我，布满皱纹的脸由于做出凶恶讥诮的笑容而显得越发皱了。

“这下子就要叫你们大吃一惊了！”她的眼睛仿佛在说。

她大概以为我们是来饮酒取乐的，不知道这间房子里出了祸事。

“我请您注意这个九十岁的巫婆，我亲爱的，”我对巴威尔·伊凡诺维奇说，从老太婆头上摘掉包发帽，于是她那秃光的头顶便露出来了。“要是将来我和您有机会解剖这个人的尸体，那我们的看法就会大相径庭。您会认为她的脑子害了老年萎缩症，可是我会向您保证她是全县最聪明、最狡猾的人。……她是穿着裙子的魔鬼！”

我走进大厅里，不由得吃了一惊。我在这儿看到的景象完全出人意料。所有的椅子和长沙发上都坐满了人。……各处墙角和窗子旁边也站着人。……他们是从哪儿来的？要是事先有人对我说我会在这儿遇见这些人，我就会哈哈大笑。在这样的时候，在奥尔迦躺在一个房间里，也许已经死掉或者危在旦夕的时候，他们居然会跑到伯爵的家里来，这未免太离奇，太不近情理了。原来她们就是伦敦饭店茨冈领班卡尔波夫所率领的茨冈歌咏队，也就是读者在这篇小说的前几章里已经读到过的那支歌咏队。我走进去，我的老朋友季娜就从一群人当中走出来，她认出了我，快活得尖声大叫。我向她伸出手去同她握手，她那肤色发黑而如今苍白的脸上就堆满笑容，可是临到她想对我开口讲话，眼睛里却迸出了泪水。……眼泪不容许她说话，于是我没听见她讲出一个字来。我就转过身去同别的茨冈姑娘打招呼，她们是这样解释她们怎么来到此地的：今天早晨伯爵打电报到城里，约请这个歌咏队的全班人马务必今天晚上九点钟到达伯爵的庄园。她们就执行这个“命令”，坐上火车，八点钟来到这个大厅里。……

“我们原想给爵爷和客人先生们助一助兴。……我们学会了那么多的新歌！……可是忽然间……”

“可是忽然间，一个农民骑着马来通知说，在打猎的时候发生了野蛮的凶杀案，主人吩咐为奥尔迦·尼古拉耶芙娜准备好床铺。大家不信农民的话，因为他当时醉得‘像猪一样’，然而等到楼梯上响起嘈杂的人声，有人抬着一个穿黑衣服的人穿过这个大厅的时候，就不可能再有任何怀疑了。……”

“现在我们不知道怎么办才好！我们不能再在此地待下去。……等到神甫来了，我们这些快活人就得走掉。……再说，所有的歌女都心神不定，直哭。……她们没法在有死人的房子里待下去。……我们得走，可是这儿的人却不肯给马车！伯爵老爷病倒在床上，外人一概不见。我们向仆人要马车，他们却讥笑我们。……这种天气，这么黑的夜晚，我们总不能步行赶路啊！那些仆人都粗野得要命！我们要求给我们烧一个茶炊来，他们却张口就骂，叫我们去见鬼。……”

所有这些诉苦，最后变成眼泪汪汪的央求，要我发一下善心，给她们张罗马车，好让她们离开这所“该死的”房子。

“要是那些马不是在牧场上，车夫们也没被派到别处去，那你们就可以坐车动身，”我说，“我来吩咐他们办。……”

这些可怜的人素来穿着小丑的服装，惯于装出满不在乎的姿态，现在这种愁眉苦脸和迟疑不决的神态同他们很不相称。我应许设法把他们送到火车站去，才使得他们略为振作起来。男人的低声细语变成响亮的说话声，女人也不再哭泣了。……

随后我向伯爵的书房走去，穿过一长串没点灯的黑房间，经过为数众多的房门口，向一个房门里看了一眼，见到一幅动人的画面。索霞和她的哥哥普谢霍茨基靠着桌子坐在那儿，桌上放一个茶炊，发出滚沸的响声。……索霞穿一件薄薄的罩衫，可是仍然戴着手镯和指环，凑着一个小瓶的瓶口闻什么东西[①]，然后懒洋洋地，带着厌恶的神情喝茶杯里的茶。她的眼睛带着泪痕。……大概打猎中发生的那件事搅乱了她的神经，她的心境久久不能平静下来。普谢霍茨基仍然像以前那样脸色呆板，一边端着茶碗大口喝茶，一边对他妹妹讲话。从他脸上的开导神情和他的神态来看，他在安慰她，劝她不要再哭。

我见到伯爵的时候，不消说，他方寸大乱。这个萎靡孱弱的人比以前越发消瘦憔悴了。……他脸色苍白，嘴唇发抖，像是在发高烧。他头上缠着白色手绢，浸了醋汁，弄得满房间都是酸味。我刚走进去，他就从躺着的沙发上跳起来，掩上家常长袍的衣襟，跑到我这边来。……

"啊？啊？"他开口说，索索地抖，气喘吁吁，"哦？"

他嘴里发出这些意义不明的声音，拉住我的衣袖，往沙发走去。等到我坐下，他就依偎着我，像是一条受惊的小狗，开始诉起苦来。……

"谁料得到呢？啊？慢着，好朋友，我要披上毯子，……我发烧了。……她被谋害了，可怜的女人！给人下了毒手！她现在还活着，不过地方自治局的医师说她今天晚上就会断气。……可怕的一

---

① 大概在闻阿莫尼亚水，借以镇静神经。

天啊！她，我的妻子，无缘无故跑来了，……见她的鬼。……这是我犯下的最不幸的错误。是我先前在彼得堡喝醉酒的时候，谢辽查，人家硬要我和她结婚的。我一直瞒着你，不好意思说出口，可是现在她来了，你自己看到的。……我真是后悔莫及。……唉，该死的软弱！在白酒的影响下，一时感情用事，你要我干什么，我就能干出什么来！我妻子的光临，是第一个报应；奥尔迦出事，是第二个。……我在等第三个呢。……我知道还会出事。……我知道！我要发疯了！”

伯爵哭了一会儿，喝下三杯白酒，骂自己蠢驴、流氓、醉鬼，然后，由于激动而讲得很乱，把打猎中发生的惨剧叙述一遍。……他对我所讲的大体是这样：我走后，大约过了二三十分钟，由索霞光临而引起的惊愕情绪略为平静下来，索霞同大家相识以后刚刚以女主人自居，不料这伙人忽然听见一声撕裂人心的尖叫。尖叫声从树林里传出来，由回声接应着，重复了四次，那声音非同寻常，人们一听到就从草地上跳起来，狗就汪汪地叫，马就竖起耳朵。那叫声不自然，可是伯爵倒听出是女人的声音。……它响着绝望和恐怖的调子。……女人看见鬼怪，或者看见娃娃突然死掉，一定会这样大声喊叫。……惊慌的客人望着伯爵，伯爵望着他们。……在坟墓般的寂静中大约过了三分钟。……

老爷们面面相觑，沉默不语，车夫和听差却往响起喊叫声的地点跑去。头一个来报告不幸消息的人是老听差伊里亚。他从树林里跑到林边空地上来，脸色煞白，瞪大眼睛，想说话，可是由于呼吸急促，内心激动，半天也没说出口。最后他总算克制住自己，在胸前画个十字，说出口了：

“太太给人谋杀了!”

哪个太太？是谁谋杀的？可是伊里亚对这些问话却答不上来。……第二个来报信的是个谁也没料到的人，他的出现使得在场的人大惊失色。这个人意外的出现和他的外貌，都使人震动。……伯爵见到他，想起奥尔迦在树林里散步，他的心就往下沉，可怕的预感使他的腿发软了。

这个人就是彼得·叶果雷奇·乌尔别宁，伯爵过去的管家，奥尔迦的丈夫。起初这伙人听见沉重的脚步声和枯枝的碎裂声。……仿佛有一头熊从树林里走到林边空地上来了。可是后来却出现了不幸的彼得·叶果雷奇的笨重身躯。……他走到林边空地上，看见这伙人，就退后一步，站住不动，像是在地里生了根。他大约有两分钟没开口说话，也没动一动，因此人们可以把他仔细观察一番。……他身上穿着日常穿的淡灰色上衣和相当旧的裤子。……他头上没戴帽子，蓬乱的头发粘在冒汗的额头和鬓角上。……他的脸平日总是紫红色，而且往往带着青色，这一回却苍白。……他的眼睛像发疯样的转动，瞪得很圆。……他的嘴唇和手在发抖。……

不过，首先引起呆若木鸡的观众注意的，最使他们震惊的，却是他那双粘着血迹的手。……两只手和袖口上满是鲜血，好像他在血里洗了个澡似的。

乌尔别宁呆呆地站了三分钟，然后仿佛大梦初醒似的，在草地上盘着腿坐下，不住地呻吟。几条狗闻到不平常的气味，便围住他，汪汪地叫起来。……乌尔别宁用昏花的眼睛对大家扫了一眼，两只手蒙住脸，又呆滞不动了。……

“奥尔迦，奥尔迦，你干的是什么事啊！”他呻吟道。

从他的胸膛里冒出低沉的呜咽声，他那宽阔的肩膀震颤不已。……等到他把手从脸上放下来，那伙人就看见他的脸颊和额头上有血迹，这是他手上的血留下的。……

伯爵讲到这儿，就摆了摆手，紧张地喝下一杯白酒，接着说：

“这后面的事我就记不清了。你想象得到，这意外的事故吓得我目瞪口呆，我失掉思考能力了。……后来发生的事我一点也记不得了！我只记得有人从树林里抬来一具尸首，身上的衣服已经撕破，血迹斑斑。……我没法看那具尸首！他们把她放在一辆马车上，运走了。……我没听见她呻吟，也没听见她哭一声。……听说，她身边经常带着一把匕首，如今它扎进她的身子了。……你记得吗？匕首是我送给她的。……那是一把钝匕首，比这只玻璃杯的边还要钝。……因此，要把那把匕首扎进去，得使多大的劲！我，老兄，喜欢高加索的武器，可是现在，滚它的吧，这些武器！明天我要吩咐人把它们扔掉！……”

伯爵又喝下一杯白酒，继续说：

“可是多么丢脸！多么糟糕啊！我们把她送回家里来。……你知道，大家都感到绝望、害怕。……可是忽然间，活见鬼，那些茨冈唱起欢天喜地的歌来了！……她们站成一排，放开嗓子哇哇地唱，这些混蛋！……你知道，他们原想摆出体面的排场来迎接我们，可是太不是时候了。……这倒有点像傻子伊凡努希卡，他遇见出殡的行列，高兴起来，就哇哇地嚷着说：‘你们抬吧，有的是死尸要你们抬呢！’是啊，老兄，我本想款待那些客人，才把那些茨冈叫来，可是结果一团糟。该请来的不是茨冈，而是医师和教士。现在我不知道该怎么办才好！我该干些什么呢？我不懂那些手续和规矩。……我不知道该去叫谁来，该打发人去请谁。……也许要把警察和法院检察官找来吧。……我一窍不通，毫无办法！幸好叶烈米亚神甫听到出了事，就来给她行临终涂油礼，可是我自己就没想起来去请他。……我求你，老兄，把所有这些该办的事都承担下来吧！真的，我要发疯了！我的妻子光临还不够，又加上杀人案。……唉唉！……我的妻子如今在哪儿？你见到她没有？”

“见到了。她在跟普谢霍茨基一块儿喝茶。”

“那么，跟她哥哥在一块儿。……普谢霍茨基是个骗子！当初我正要从彼得堡悄悄溜掉，他却发觉我有逃跑的意思，就跟定我不放。……这段时期他诈去我多少钱啊，数都数不清！”

我没有工夫跟伯爵长谈。我站起来，往门口走去。

“你听着，”伯爵止住我说，“那个……乌尔别宁会扎我一刀吗？”

“莫非奥尔迦是他扎的？”

“当然了，就是他。……只是我不懂，他是怎么来的！是哪个魔鬼把他支使到树林里来的？为什么他正巧到这个树林里来！就算他躲在那儿，等着我们吧，可他怎么知道我正好在那儿而不是在别的地方休息呢？”

“你什么也不懂，”我说，“顺便我要一干二脆地要求你。……要是我承办这个案子，那么，劳驾，你不要把你的想法讲给我听。……请你费心只回答我问的话，多余的话不必讲。”

我离开伯爵，往奥尔迦躺着的房间走去。①

房间里点着一盏蓝色的小灯，微微照亮人的脸。……在那样的灯光下没法读书写字。奥尔迦躺在床上。她头上缠着绷带，我只能看见她那异常苍白的尖鼻子和遮盖着眼睛的眼皮。我走进去的时候，

① 此处删去两行。——契诃夫注

她的胸脯袒露着，上面放着一袋冰。[1]可见奥尔迦还没有死。她身旁有两个医师在忙碌。我走进去的时候，巴威尔·伊凡内奇正眯缝着眼睛，呼哧呼哧地直喘气，用听诊器听她的心脏。

地方自治局的医师非常疲乏，看样子是个有病的人，坐在床旁边一把圈椅上，沉思不语，做出试脉搏的样子。叶烈米亚神甫刚刚办完事，把十字架包在他的肩袈裟里，正准备走掉。……

“您，彼得·叶果雷奇，不要难过了！”他看着墙角，叹口气说，“样样事情都由上帝做主，您就向上帝祷告吧。”

乌尔别宁坐在墙角一张凳子上。他模样大变，我几乎认不得他了。最近一个时期的失业和酗酒，不但在他的衣服上，也在他的外貌上强烈地表现出来：衣服已经破旧，面容也枯槁了。

可怜的人坐着不动，用两个拳头支住头，眼睛一刻也不离开床。……他的手和脸上仍旧粘着血。……他忘记把它们洗干净了。……

啊，我的灵魂的预言，我那只可怜的鸟的预言呀！

每逢我那只高贵的然而现在已经被我摔死的鸟喊出丈夫杀死老婆的话，乌尔别宁总是在我的想象里出现。为什么呢？……我知道嫉妒心重的丈夫常常杀死变心的妻子；同时我又知道乌尔别宁不会杀人。……于是我就丢开奥尔迦可能死于乌尔别宁之手的想法，认为那是荒谬的。

“到底是不是他呢？”我看着他那不幸的脸，暗自问道。

老实说，尽管伯爵那么讲，尽管我看见他手上和脸上有血，我也还是不能得出肯定的回答。

---

① 我请求读者注意一种情况。卡梅谢夫是喜欢到处大写特写他的心境的，甚至在叙述他同波里卡尔普口角的时候也要提到，可是奄奄一息的奥尔迦给他留下的印象，他却只字不提。我认为这是故意回避。——契诃夫注

“要是他杀了人，他早就洗掉他手上和脸上的血了，……”我不由得想起我的一个也做侦讯官的朋友的论点，“杀人犯受不了他的受害者的血。”

如果我肯多动一下脑筋，我就会想起不少这类想法，然而我不应当先有成见，用为时过早的结论填满我的脑袋。

“您好！”地方自治局的医师对我说，“我很高兴，至少您算是来了。……劳驾，您说说看，谁是这儿的主人？”

“这儿没有主人。……只有一团糟。……”我说。

“这句话说得挺妙，不过却丝毫也没有使我的心绪轻松些，”地方自治局的医师说，恼恨地咳嗽了几声，“我一连三个钟头请求他们，央告他们送一瓶波尔特温葡萄酒或者香槟酒来，可是谁也不肯赏个脸，听一听这种哀求！所有的人都成了聋子，像大雷鸟一样！冰是刚刚送到的，其实三个钟头以前我就吩咐他们送来了。这是怎么回事？有人快要死了，可他们却仿佛在笑！伯爵舒舒服服地在他的房间里品尝蜜酒，可就是不肯叫人送一杯到这儿来！我要打发人到城里去，到药房里去，他们却说马都累坏了，而且也没有人骑，因为大家都喝醉了。……我想打发人到我的医院里去取药品和绷带，多承他们赏脸，给我派了个醉鬼，几乎站都站不稳。我两个钟头以前就派他去了，可是结果怎么样？听说他刚刚动身！哎，这岂不是胡闹？大家都喝醉了酒，粗鲁而野蛮！……全都是白痴！我要凭上帝起誓，这样没有心肝的人我有生以来还是头一次看见！”

医师的愤慨是正当的。他一点也没有夸大事实，而是刚好相反。……要想对伯爵庄园上存在的种种混乱和胡闹的情景尽情指责一番，那是一整夜都说不完的。仆人们什么事也不做，又无人管理，变得游手好闲，令人气恼。这里没有一个听差不能算作那种逍遥自在和肥头胖脑的人的典型。

我到房外去取酒。我打了仆人两三个耳光后，不但弄到香槟酒，而且取来了缬草酊，使得两个医师说不出的高兴。过了一个钟头，[1]医院里来了一个医士，把一切必要的东西都带来了。

巴威尔·伊凡诺维奇好不容易把一调羹香槟酒灌进奥尔迦嘴里。她做出吞咽的动作，不住地呻吟。随后医师在她皮下注射一针类似霍夫曼液的药剂。

“奥尔迦·尼古拉耶芙娜！”地方自治局的医师弯下腰去凑着她的耳朵叫道，“奥尔迦·尼古拉耶芙娜！”

“很难叫她恢复知觉了！”巴威尔·伊凡内奇说，叹口气，“流血过多，而且她的头部受到钝武器的打击必然会引起脑震荡。”

有没有脑震荡，这用不着我来断定，可是这时候奥尔迦睁开眼睛，要水喝。……兴奋剂对她起作用了。

“您要问她什么话，现在就可以问了，……”巴威尔·伊凡内奇捅一下我的胳膊肘说，“您问吧。”

我往床前走去。……奥尔迦把眼睛转到我这边来。

“我在哪儿？”她问。

“奥尔迦·尼古拉耶芙娜！”我开口说，“您认得我吗？”

奥尔迦看了我几秒钟，闭上眼睛。

“认得！”她呻吟说，“认得！”

---

① 我必须请求读者注意另一种情况。卡梅谢夫先生有两三个小时之久只是忙于从这个房间走到那个房间，跟医师们一起对仆人的行为感到愤慨，打他们耳光，等等。……您觉得他像法院侦讯官吗？看来，他不慌不忙，极力设法消磨时光。显而易见，“他知道杀人的凶手是谁”。其次，下文还写到他毫无理由地搜索猫头鹰的房间，审问那些茨冈，这种审问与其说是审问，还不如说是开玩笑，他做这些事只可能是为了拖延时间。——契诃夫注

“我是齐诺维耶夫，法院的侦讯官。我有幸认识您，要是您想得起的话，我还在您的婚礼上做过傧相。……”

“是你吗？”奥尔迦小声说，伸出她的左手，“你坐。……”

“她说胡话了！”眯眼叹口气说。

“我是齐诺维耶夫，法院的侦讯官，……”我接着说，……“要是您想得起的话，我也参加过打猎。……您现在觉得怎么样？”

“您提要紧的问题吧！”地方自治局的医师对我小声说，“我不能保证她会清醒很久。……”

“请您不要开导我，劳驾！”我怄气地说，“我知道该说什么。……奥尔迦·尼古拉耶芙娜，”我扭过脸去对奥尔迦继续说，“请您费神回想一下今天发生的种种事情。我来帮您的忙。……今天中午一点钟您骑上马，跟大家一起去打猎。……打猎大约有四个钟头之久。……后来就在林边空地上休息。……您记得吗？”

“你……你……杀死……”

“杀死鹬鸟吗？我把那只中弹的鹬鸟弄死以后，您皱起眉头，离开大家走掉了。……您走进树林里。……[1]现在请您费神打起精神来，回忆一下。您在树林里散步，遭到一个我们不知道的人的袭击。我以侦讯官的身份问您：他是谁？”

奥尔迦睁开眼睛看着我。

“请您对我们说出这个人的姓名！这儿，除我以外还有三个人。……”

奥尔迦否定地摇摇头。

---

① 他撇开最重要的问题不问，只有一个目的：拖延时间，等奥尔迦神志不清，再也不能说出杀人犯的名字为止。这种审问方式富有特征。奇怪的是两个医师没有识破这一点。——契诃夫注

“您必须说出他的姓名来，”我接着说，“他会受到严重的惩罚。……法律会严惩他的兽行！他要去做苦工。……[①]我在等您说。”

奥尔迦微微一笑，否定地摇摇头。进一步审问也还是毫无结果。从奥尔迦那儿，我再也没听到一句话，看到一个动作。到四点三刻，她就离开了人世。

早晨六点多钟，村长和证人应我的召唤，来到此地。犯罪地点却没法去：滂沱大雨从夜间开始，一直下到现在。小泥塘变成大湖了。灰色的天空阴惨惨的，太阳一时还不会出来。淋湿的树木垂头丧气地垂下树枝，每次吹来一阵风，就撒下无数的大雨点。现在没法到那边去，再者恐怕去了也无益，因为犯罪的痕迹，例如血迹和人的脚印等，大概一夜之间已经被雨水冲掉。然而办事的手续要求必须调查犯罪地点。我就把这次调查拖延到警察来了再去，目前先着手起草报告，审问证人。我首先审问那些茨冈。可怜的歌手们在大厅里坐了整整一夜，巴望着给他们备好马车，把他们送到火车站去。可是谁也不给他们马车，仆人叫他们自己去找伯爵，同时又警告说爵爷不准把任何人“放进去”。早晨他们要求送茶炊来，可是也没人理会。他们困守在一所陌生的、停着死尸的房子里，处境尴尬，情况不明，不知道什么时候才能脱身，再加上阴雨连绵，天气很坏，这就弄得可怜的茨冈男女满心苦恼，不出一夜就变得面庞消瘦，脸色苍白。他们从这个墙角走到那个墙角，仿佛心惊胆战，或者等候严厉的判决似的。我审问他们，就越发加重他们的精神负担。第一，

---

① 这些话只有乍看起来才没有深意。显而易见，卡梅谢夫需要让奥尔迦知道，她的供词对杀人犯会产生多么严重的后果。ergo②，如果她爱杀人犯，她就只好不说。——契诃夫注

② 拉丁语：因此。

我审问很久，大大推迟了他们离开这所“该死的”房子的时间。第二，他们吓坏了。这些心地单纯的人以为他们在这件人命案中有重大嫌疑，哭着对我保证说，他们什么罪也没犯，什么事也不知道。季娜把我看作官方人物，完全忘掉我们从前的关系，跟我讲话的时候瑟瑟地打抖，吓得发呆，就跟挨了打的女孩一样。我要求他们不要激动，反复说明我只把他们看作证人，看作审讯的助手，他们却异口同声地对我申明说，他们从没做过证人，他们什么事也不知道。他们希望，求上帝保佑，将来也别再跟司法人员打交道才好。

我问他们从火车站出来是顺哪一条路到这儿来的，是否路过发生凶杀案的树林，他们当中有没有人离开人群，哪怕只离开短短的时间，他们是否听到奥尔迦那声撕裂人心的尖叫。[①]这次审问没得出什么结果。茨冈被审问吓坏，从歌咏队里推举出两个精壮的小伙子，打发他们到村子里去雇大车。那些可怜的人一心想走掉。说来也是他们倒霉，村子里已经在纷纷议论树林里的凶杀案，他们见着两个肤色黧黑的使者[②]起了疑心，就把他们扣下，押到我这里来。直到傍晚，苦恼不堪的歌咏队才算摆脱这场噩梦，自由地呼出一口气，用三倍的高价雇了农民的五辆大车，从伯爵家里动身走掉了。后来伯爵付了他们这次光临的来往路费，至于他们在伯爵府里遭到的精神痛苦，就没有人来付赔偿费了。……

我审完他们以后，就到猫头鹰的房间里去搜查[③]。我在她那些箱

---

① 如果卡梅谢夫先生需要知道这些，那么审问给茨冈赶车的车夫们岂不更省事些？——契诃夫注

② 茨冈的肤色是黧黑的。

③ 这是为什么？姑且假定这是侦讯官在喝醉后或者半睡半醒状态中干出来的，可是那又何必提它？把这种重大的错误瞒过读者岂不好些？——契诃夫注

子里找到许多各式各样陈旧的废物，可是翻遍所有破旧的包发帽和缝补过的袜子，却没找到老太婆从伯爵和他客人们那里偷来的钱财和贵重物品。……上次她在季娜那儿偷到的东西我也没找到。……显然，这个妖婆另有她一个人知道的收藏地点。……

我不想在这儿叙述我的报告内容，也就是初步的材料和调查的经过。……这些说来话长，再者我也忘掉了。……我在这儿大体讲一下，讲得简短些。……首先我叙述我审问奥尔迦的时候，她的情况怎样，然后我详细陈述我审问她的经过。从这次审问当中可以看出奥尔迦在回答我的问话的时候，神志是清楚的，她故意对我隐瞒杀人犯的姓名。她不愿意让杀人犯受到惩罚，这就使人不可避免地得出结论：犯人是她所珍爱、亲近的人。

我会同不久以后来到此地的区警察局长检查奥尔迦的衣服，得到很多收获。……她那骑马装的上衣是用丝绒做面，绸子做里的，这时候还湿漉漉的。……上衣右侧由匕首扎出裂口，浸透血，有些地方结成血块。……血流得很多，奇怪的是奥尔迦怎么会当场没有死掉。上衣左侧也有血。……左袖的肩部和腕部已经扯裂。……上面的两个纽扣脱落，我们检查的时候没找到。骑马装的裙子是用黑色开司米呢料做成的，揉得极皱，这是人们把奥尔迦从树林里抬到马车上，后来又从马车上抬到床上去的时候揉成那样的。后来这条裙子从奥尔迦身上脱下来，胡乱揉成一团，丢在床底下。裙子的腰部已经撕破，这条直的裂口有七俄寸长，大概是在抬她和给她脱衣服的时候撕破的。裂口也可能是她生前扯破的：奥尔迦素来不喜欢缝缝补补，也不知道该把裙子交给谁去补，可能就把裂口掩藏在上衣底下了。我认为这同犯人野蛮的暴行没有关系，可是后来副检察官在发言里却特别强调这一点。裙子的右腰部以及右面的衣袋都浸透血。衣袋里放着手绢和手套，成了两小团不成样子的棕红色的东西。整条裙子，从腰部到裙边，布满大小不等和形状不一的血印。……后来在审问中判明，这些血印大部分是车夫们和听差们在抬奥尔迦的时候，手指和掌心被血染污而留下的印迹。……她的衬衣血迹斑斑，大多是在右部，那儿有凶器刺成的洞。……衬衣也同上衣一样，左肩和腕部都已经扯裂。……袖口脱落一半。

奥尔迦随身所带的物品，例如金怀表、很长的金链、镶着钻石的饰针、耳环、戒指、内有银币的钱包，都同她的衣服在一起。显而易见，犯人不是见财起意。

奥尔迦死后第二天，眯眼和地方自治局的医师当我的面进行尸体解剖，把最后结果写成很长的报告，这儿我只提一下大意。医师们进行外部检查后，发现下列伤口：头部左颞颥骨和顶骨之间有一道伤口，长一英寸半，碰到头骨，伤口边缘不整齐，也不成直线。……这个伤口是由钝武器造成的，据我们后来判断，大概是由匕首的刀刃砍成的。她的颈部，在颈椎骨部位，可以见到一条红色的痕迹，形似半圆，占后颈部的一半。在整个这条红色的痕迹上可以看出皮肤的擦伤和轻微的瘀伤。她的左臂，在手腕下面一俄寸处，发现四块青伤：一块在手背上，三块在掌心上。这些青伤多半是由手指掐成的。……这一点之所以能肯定，还因为其中有一块青伤带着指痕。……读者会记得，上衣的左袖扯裂，衬衣的左袖口脱落一半，这正好同那些青伤所在的部位相符。……在第四条肋骨和第五条肋骨之间，由腋窝中部垂直向下的一条假想的直线上，有一处大裂口，长一英寸。伤口边缘整齐，像是切开的，上面满是血液和血块。……伤口很深。……它是由凶器刺成的，而且根据搜集到的初步资料来看，这凶器就是那把匕首，匕首的宽度同伤口的大小完全相符。

内脏检查表明右肺和胸膜受伤，肺部发炎和胸腔出血。

据我记得，医师们大致做了这样的结论：（一）死亡起因于失血过多所造成的缺血，而失血过多则归因于胸部右侧裂开的伤口；（二）头部的伤口伤势严重，胸部伤口毫无疑问是致命伤，应当认为是死亡的直接原因；（三）头部伤口是由钝武器造成，胸部伤口大概是由双刃的凶器造成；（四）上述各种伤口不可能由死者亲手造成；（五）蓄谋侮辱妇女荣誉的罪行[①]大概没有发生。

为了不拖延到以后再提这件事，我在这儿根据调查、两三次审问、阅读验尸报告所得到的初步印象向读者勾勒出凶杀的画面。

奥尔迦离开那伙人以后，在树林里散步。她沉浸在种种幻想，或者悲惨的想法里（读者记得她在那个不吉利的傍晚的心境），信步走到密林深处。她在那儿遇见杀人犯。她正站在一棵树下，想她的心事，那个人就走到她面前，跟她谈话。……那个人没有引起她的怀疑，要不然她就会高喊救命，可是这种叫声不会带着撕裂人心的音调。杀人犯跟她谈过一会儿以后，就抓住她的左手，用力那么猛，以致扯破她上衣和衬衣的衣袖，留下四块青伤。大概这时候她才发出那伙人所听见的叫声。她叫起来是因为痛，但同时，她大概还在杀人犯的脸和动作上看出了他的意图。他可能要她不再喊叫，也可能受了怨恨情绪的影响，总之他一把抓住她胸前靠近领口的衣服，她衣服的上面两个被扯掉的纽扣和医师们在她脖子上发现的那条红色的痕迹可以证明这一点。……凶手抓住她胸前的衣服，摇撼她，于是把她脖子上挂着的一条金链扯紧。……那条红色的痕迹就是由

① 指强奸罪。

金链的摩擦和压力形成的。随后凶手拿起钝武器朝她头上打去，比方说，用一根木棒，或者就是挂在奥尔迦腰上的那把匕首的鞘。他一时性起，或者认为单是这个创伤还不够，就亮出匕首，用力刺进她的胸部右侧。我之所以说用力，是因为那把匕首是钝的。

这就是我根据上述资料有理由勾勒出的阴暗画面。至于凶手是谁的问题，看来是不难解答的，而且已经不言自明了。第一，凶手不是见财起意，而是另有目的。……因此没有必要怀疑某个迷路的流浪汉或者那些在湖边捕鱼的衣衫褴褛的穷人。受害者的喊叫不足以吓退任何劫掠者，而抢走饰针和怀表是只消一秒钟就能办到的。……

第二，奥尔迦故意不对我说出凶手的姓名，如果凶手是个普通强盗，她就不会这样做。显然，杀人犯为她所喜爱，她不愿意让他为她受到沉重的惩罚。……这样的人可能是她的疯癫的父亲；也可能是她的丈夫，她虽然不爱他，可是多半感到自己对他有罪；还可能是伯爵，因为她心里也许觉得受过他的恩。……根据仆人的招供，在发生凶杀案的那天傍晚，她那疯癫的父亲坐在他的林中小屋里，整个傍晚在给县警察局长写信，请求他捉拿他臆想中的贼，说那些贼似乎夜以继日地包围着这个疯子的住宅。……伯爵在发生凶杀案之前和当时都没离开过他的那伙人。因此，嫌疑的全部重担就落在不幸的乌尔别宁身上了。他那意外的出现和他的神情等等，恰巧成为很好的罪证。

第三，奥尔迦最近一段时期的生活充满连续不断的风流事件。这样的风流事照例以刑事罪结束。年老而情深的丈夫啦，负心啦，嫉妒啦，殴打啦，婚后一个多月就私奔到情夫伯爵家里去啦。……如果这种风流事的美丽的女主人公遇害，那就不必去寻找盗贼和无赖，而要追查风流事的男主人公。从这第三点看来，最适当的男主人公和杀人犯仍然是乌尔别宁。……

初步的审问，我是在“彩石精镶”的客厅里进行的，以前我却喜欢在那儿柔软的长沙发上躺着，跟茨冈姑娘调情。……我首先审问的是乌尔别宁。本来他一直坐在奥尔迦房间角落里的一张凳子上，眼睛直盯着那张空床，这时候被带到我面前来了。……他在我面前沉默地呆站了一分钟，冷漠地瞧着我，然后大概猜出我要以侦讯官身份跟他讲话，就用一个被痛苦和烦恼压倒的人的疲乏口气说：

“您先问别的证人吧，谢尔盖·彼得罗维奇，至于我，以后再问好了。……我没法讲话。……”

乌尔别宁自以为是证人，或者认为别人把他看作证人。……

“不，我必须现在就问您，”我说，“劳驾坐下。……”

乌尔别宁在我对面坐下，低下头。他疲乏，有病，懒得答话，我费很大的气力才从他嘴里挤出供词来。

他招供说，他叫彼得·叶果雷奇·乌尔别宁，是贵族，年纪五十岁，信仰东正教。他在邻县有田产，并且在那边经人推举，两度担任过任期三年的荣誉调解法官。他破产以后，把田产抵押出去，觉得非出外工作不可。他六年前做了伯爵的总管。他喜欢农艺，并不觉得为私人工作是丢脸的事，认为只有愚蠢的人才觉得劳动丢脸。他按时领到伯爵所发的薪金，对伯爵没有什么可抱怨的。他与前妻生下一个儿子和一个女儿，等等，等等。

他跟奥尔迦结婚是出于热烈的爱情。他久久地克制他的感情，挣扎得很苦，然而不论健全的想法，还是上年纪的人的切合实际的思维逻辑，都无济于事：他只好依从他的感情，结了婚。至于奥尔迦嫁给他不是出于爱情，他是知道的，然而他认为她在道德上十分高尚，他希望能得到她的忠诚和友谊，这在他已经就心满意足了。

乌尔别宁讲到他的幻灭开始，讲到他在老年遭到凌辱的时候，要求我允许他不谈“上帝会原谅她的那些往事”，或者至少把那些事推迟到将来才谈。

“我没法讲。……我心头沉重。……再者您自己也看得出来。……”

“好，我们就留到下次再谈。……现在只请您告诉我：您真的打过您的妻子吗？听说有一回您发现她那儿有伯爵的信，您就打了她。……”

“这话不对。……我只抓住她的胳膊罢了，她却哭起来，当天傍晚就跑去诉苦了。……”

“她跟伯爵的关系您知道吗？”

“我要求以后再谈这些事。……再者，谈这些又有什么意思呢？”

“请您只回答我这个问题，这个问题极其重要。……您知道您妻子跟伯爵的关系吗？”

“当然。……”

“我就这样记下来，至于其他有关您妻子负心的问题，都留到下次再谈。……现在我们改谈另一个问题，我要求您给我解释一下，昨天您是怎样到奥尔迦·尼古拉耶芙娜遇害的树林里去的。……按您的说法，您是住在城里的。……那么您怎么会在那个树林里呢？”

“是的，我自从失业以后就住在城里一个表姐家里。……我成天价找工作，借酒消愁。……这个月我喝得特别厉害。……比方说，我完全不记得上个星期的事了，因为我一个劲儿地喝酒。……前天我也喝得大醉，……一句话，我完了。……无可挽回地完了！……”

“您愿意说一下昨天您怎么会跑到树林里去的吗？……”

“行。……昨天我一清早就醒了，大约四点钟。……前一天我喝醉酒，所以我头痛，周身也酸痛，好像害热病似的。……我躺在床上，瞧着窗外，看见太阳升起来，不由得回想……各种各样的事情。……我心里不好受。……忽然，我想见一见她，哪怕只见一次，也许是最后一次了。愤恨和痛苦涌上我的心头。……我从口袋里取出伯爵派人送给我的一百卢布，瞧了瞧，丢在地下，踩了又踩。……我踩啊踩的，决定索性去一趟，把这点施舍丢到他脸上去。我不管怎样挨饿，怎样破衣烂衫，可是不能出卖我的荣誉，任何收买我荣誉的企图，我都认为是对我人格的侮辱。就是这样，我又想看一看奥尔迦，又想去找诱惑她的那个人，把钱扔到他那张丑脸上去。这种愿望抓紧我的心，害得我几乎发疯。可是要坐车到那儿去，我又没有钱。他那一百卢布我决不能花。我就走着去。幸好我在路上遇见一个熟识的庄稼汉，他收下我十戈比的车钱，用大车把我送出十八俄里远，要不然，我至今还在步行赶路呢。庄稼汉把我一直送到捷涅沃。我从那儿步行到这儿来，大约四点钟才走到。”

“当时有人在这儿见到您吗？”

“有。看守人尼古拉坐在大门口，对我说老爷不在家，打猎去了。我累得筋疲力尽，可是我要见到我妻子的愿望却胜过我的痛苦。我只好一分钟也不休息，再步行到他们打猎的地方去。我没顺大路走，而是穿过树林。……那儿每一棵树我都熟悉，我在伯爵树林里迷路就像在我的住宅里迷路一样难。”

“可是您穿过树林，不走大路，就可能遇不上猎人。”

“不，我时时刻刻挨近大路走，离得非常近，不但能听见枪声，甚至还能听见说话声。”

“这样说来，您没料到会在树林里遇见您的妻子？”

乌尔别宁带着惊讶的神情瞧着我，想了一会儿，回答说：

“这个问题，对不起，问得奇怪。就连在树林里遇见狼都是不可能料到的，更不要说预先料到可怕的灾难了，灾难总是由上帝突然送来的。就拿眼前这件骇人听闻的事来说……我正在赤杨林里走路，根本没料到会遇见什么祸事，因为就是没有祸事，我心里也已经痛苦得很了，可是忽然间，我听到一声怪叫。叫声非常尖厉，我觉得像是有人用刀子刺了一下我的耳朵。……我就往叫声那边跑过去。……”

乌尔别宁的嘴往一边撇，下巴开始发抖。他眨巴着眼睛哭起来。

“我往叫声那边跑过去，忽然看见……奥莲卡躺在那儿。她头发上和额头上都是血，面相可怕。我就开口喊叫，叫她的名字。……她没动。……我吻她，把她扶起来。……”

乌尔别宁哭得上气不接下气，用衣袖蒙住脸。过了一分钟他继续说：

“那个坏蛋我没看见，……先前我往她那边跑过去的时候，听见一个人的匆忙的脚步声。……大概就是他在逃跑。”

“这一套都编排得挺好，彼得·叶果雷奇，”我说，“可是，您要知道，侦讯官是不大相信这种少有的巧事的，例如您偶然出来散步，偏巧遇上了凶杀案，等等。这编造得倒不坏，可是不大能说明问题。”

“这怎么是编造呢？”乌尔别宁问，睁大眼睛，……“我没编造。……”

乌尔别宁忽然涨红脸，站起来。

“好像您在怀疑我，……”他喃喃地说，……“当然，对任何人都可以怀疑，可是您，谢尔盖·彼得罗维奇，认识我很久了。……您不该用这样的怀疑侮辱我。……您可是了解我的啊。”

“我什么都了解，这话是不错的，……然而这件事跟我个人的意见不相干。……法律只准许陪审员有个人的意见，侦讯官却只管罪证。……罪证是很多的，彼得·叶果雷奇。”

乌尔别宁惊恐地看着我，耸起肩膀。

“可是不管有什么样的罪证，”他说，“您都该了解事实嘛。……喏，难道我能杀人，……我！而且杀死的是谁？！杀死雌鹌鹑或者鹬鸟也许还办得到，可是杀人，……而这个人对我来说比生命都宝贵，简直是我的救星，……一想起她，就像太阳升上来，照亮我阴暗的心境，……可是您居然怀疑我杀了她！”

乌尔别宁摇一摇手，坐下来。

“我本来就已经想死，您却还要侮辱我！要是一个素不相识的文官侮辱我倒也罢了，可现在是您，谢尔盖·彼得罗维奇。……请您允许我走吧！”

“可以。……明天我要再审问您，至于目前，彼得·叶果雷奇，我得把您拘押起来。……我希望您在明天受审以前认真估量一下那些不利于您的罪证的重要性，不要再白白拖延时间，据实招供。……我相信奥尔迦·尼古拉耶芙娜就是您杀死的。……今天我没有别的话要对您说。……您可以走了。”

我说完这话，就埋头写公文。……乌尔别宁带着大惑不解的神情看着我，站起来，古怪地摊开手。

“您这是开玩笑还是……认真这么说的？”他说。

“我没有工夫跟您开玩笑，……”我说，“您可以走了。”

乌尔别宁仍然呆站在那儿。我看了他一眼。他脸色苍白，茫然瞧着我的公文。

“那为什么您手上都是血呢，彼得·叶果雷奇？”我问。

他看一下他的手，手上仍然有血。他动了动手指头。

"为什么有血。……嗯。……如果这也算是罪证，那却是很差的罪证。……我扶起浑身是血的奥尔迦，不能不弄得我自己满手是血。……我又没戴手套。……"

"您刚才对我说，您看见您妻子的时候，您叫起来，喊救命。……可是为什么谁也没有听见您的叫声？"

"我不知道，奥尔迦的模样把我吓呆了，我不可能喊得声音很高。……不过我什么也不知道。……我用不着辩白，再者这也不合乎我的原则。"

"您未必喊叫过。……您杀了您的妻子就跑掉了，后来在林边空地上看见那些人，才大吃一惊。"

"我根本就没注意你们那些人。当时我没有心思注意别人。"

这一次对乌尔别宁的审问就此结束。审完以后，乌尔别宁被拘留，关押在伯爵的一间厢房里。

第二天或者第三天，副检察官波鲁格拉多夫坐着马车从城里来了，这个人我一想起来就觉得扫兴。请您想象一个又高又瘦的人，年纪三十岁上下，胡子刮得光光的，头发卷曲得像羊毛一样，装束考究。他面庞清秀，可是那么冷峻，那么缺乏表情，不难看出我所描写的这个人的空虚和浮华。他的嗓音又轻又甜，客气得肉麻。

一清早他乘着雇来的马车，带着两口皮箱，来到此地。首先他露出极其操心的脸色，装腔作势地抱怨旅途劳顿，问起伯爵家里给他准备下住处没有。按照我的命令，这儿拨给他一个小小的，然而很舒适明亮的房间，那儿样样东西，从大理石的脸盆起到火柴止，都为他放好了。

"听我说，朋友！给我准备点热水！"他开口说，在那个房间里安顿下来，带着嫌恶的神情闻了闻空气，"我跟您说，听差！劳驾，拿热水来。……”

他在着手工作以前，花了不少工夫换衣服，洗脸，梳头，甚至用红色牙粉刷牙，把粉红的尖指甲修剪了三分钟之久。

“好，”他终于翻看我们的报告，谈到正事了，“这案子是怎么回事？”

我把这个案子的情况对他讲了一遍，连一个细节也没漏掉。……

“那么您到犯罪地点去过了？”

“没有，还没去。”

副检察官皱起眉头，举起女人样的白手，在新洗过的额头上摩挲一下，开始在房间里走来走去。

“我不明白您何以还没去过，”他喃喃地说，“我认为，这是首先应该做的。您是忘了呢，还是认为不必要这样做？”

“两者都不是。昨天我等了一天警察，今天我就要去了。”

“连日下雨，现在那边什么也不会留下了。再者您也让犯人有了消灭罪迹的时间。至少您总该派人去看守那地方吧？没有派？这我就不懂了！”

那位大少爷神气活现地耸了耸肩膀。

“您喝茶吧，要不然茶就凉了。”我用不关痛痒的人的口气说。

“我喜欢喝凉茶。”

副检察官低下头去看公文，鼻子里呼哧呼哧地响，闹得满房间都能听见。他低声念着，偶尔插进一句评语，或者修改一下。有两次他撇着嘴做出讥诮的笑容：不知什么缘故，这个滑头[①]不喜欢我的

① 卡梅谢夫不该骂副检察官。这个检察官的错处只在于卡梅谢夫先生不喜欢他的相貌。承认自己没有经验或者故意造成错误，那倒要老实得多。——契诃夫注

报告，也不喜欢医师们的报告。这个衣服整洁和梳洗干净的文官身上强烈地表现出他喜欢冒充行家，自命不凡，充满个人尊严感。

中午我们到犯罪地点去了。大雨正下得紧。当然，我们既没找到血斑，也没找到足迹：一切都被雨水冲净了。我好歹总算找到了奥尔迦骑马装上所缺的一个纽扣。副检察官拾到一团红色、柔软的东西，后来判明是烟草的包装纸。起初我们发现一丛灌木，边上的两根细枝折断了。副检察官见到这两根细枝很高兴：它们可能是由犯人碰断的，因而标明犯人杀害奥尔迦后走去的方向。然而检察官空欢喜一场：不久我们就发现许多灌木丛都有枝子折断，叶子碰掉，原来有一群牲口走过这个犯罪地点。

我们把地点画了个草图，向我们带来的车夫们问明他们是在什么地方找到奥尔迦的，然后我们坐车回去，感到一无所获。我们调查那个地点的时候，局外的观察者可以在我们的动作里看出懒散和疲沓。……我们的动作之所以无精打采，也许多多少少是因为犯人已经落在我们手里，从而不必再做深入细致的分析了。

从树林里归来，波鲁格拉多夫又用很长时间洗脸，更衣，又要热水。他漱洗完毕，声明说他想再把乌尔别宁审问一次。在这次审问当中，可怜的彼得·叶果雷奇没有什么新的供词，他仍然否认他的罪行，根本不理会我们提出的罪证。

“我甚至觉得奇怪：怎么能怀疑我！”他耸耸肩膀说，“奇怪！”

“您不用装得没事人似的，最可爱的先生！”波鲁格拉多夫对他说，“谁也不会无故怀疑人，要怀疑到某人，总是有理由的！”

“不管有什么样的理由，也不管有多么严重的罪证，你们考虑事情总得合乎人情嘛！我不可能杀人，……明白吗？我不可能干这种事。……那你们的罪证还有什么价值呢？”

“算了，”副检察官说，摇一下手，“这些有知识的犯人真是麻烦：跟农民倒讲得通道理，可是请您跟这些先生谈谈看！什么不可能啦，……合乎人情啦，……大谈心理学！”

“我不是犯人，”乌尔别宁怄气地说，“我请您说话慎重点。……”

“闭嘴，最可爱的先生！我们没有工夫向您道歉，听您发牢骚。……您不愿意认罪，就不用认罪，不过请您允许我们认为您是个说假话的人。……”

“随你们的便，”乌尔别宁悻悻地说，“现在你们爱拿我怎么办就怎么办，……反正你们手里有权柄。……”

乌尔别宁摇一下手，眼望着窗外，接着说：

“反正对我来说，怎么都行：我这辈子算是完了。”

“您听我说，彼得·叶果雷奇，”我说，“昨天和前天您悲痛万分，站都站不稳，几乎答不上成句的话来。可是今天却相反，您的神色这么开朗（当然，这是比较而言），兴致勃勃，甚至高谈阔论起来。悲痛万分的人照例是没有心思谈话的，可是您不但讲得很多，甚至还表达了您那种吹毛求疵的不满心情。这种急剧的变化应该怎样解释呢？”

“那您怎样解释呢？”乌尔别宁问，讥诮地眯细眼睛瞧着我。

“我是这样解释的：您忘了您扮演的角色。要知道，人难于长久演戏，要就把自己的角色忘了，要就演得腻烦了。……”

“这是侦讯官的那套胡诌，”乌尔别宁冷笑说，“这倒给您的机智增添光彩呢。……是啊，您说得对：我是起了很大的变化。……”

“您可以解释一下吗？”

“遵命，我认为这无须隐瞒。昨天我满腔愁苦，心如死灰，简直想自寻短见，或者……要发疯了。……可是昨天夜间我改变想法了，……我忽然想到，死神倒把奥莲卡从堕落的生活里解脱出来，把她从毁了我的浪子的脏手里夺过来了。我并不妒忌死神，让死神把奥尔迦夺去，总比让伯爵把她夺去好。这种想法使我高兴起来，精神振作，现在我心上已经没有那种重担了。”

“这倒编得挺巧妙！”波鲁格拉多夫从牙缝里吐出这句话，摇着腿，“他倒真会找出话来应付！”

“我觉得我说这些话是诚恳的。我感到惊讶，你们这些受过教育的人居然分不清诚恳和做假！不过，先入为主的成见是十分强烈的感觉，在它的影响下很难不犯错误。我明白你们的地位，我能想象你们既然相信你们掌握的罪证，到审判我的时候就会怎么样。……我想象得到人们会注意我的凶相和醺醉，……其实我的相貌并不凶，然而成见却占了上风。……”

“好，好，够了，”波鲁格拉多夫说，低下头去看公文，“您走吧。……”

乌尔别宁走后，我们着手审问伯爵。爵爷居然穿着家常长袍，头上扎着浸过醋液的绷带来受审。他跟波鲁格拉多夫互通姓名以后，在圈椅上一坐，开始供述。……

“我原原本本讲给您听，从头讲起。……哦，你们那个审判长里昂斯基目前在干什么？他还没跟老婆离婚？我跟他是在彼得堡偶然相识的。……两位先生，你们为什么不吩咐人给你们送点酒来？有了白兰地，谈起天来也可以快活点嘛。……讲到乌尔别宁犯了杀人罪，那我是毫不怀疑的。……”

伯爵就把读者已经熟悉的事给我们统统讲了一遍。在检察官的讯问下，他详细地讲述了他跟奥尔迦所过的生活。他描述他跟一个漂亮女人同居的种种妙处，讲得津津有味，有好几次竟然吧嗒嘴，挤眼睛。我从他的供词里知道一个很重要的细节，那是读者所不知道的。我听他讲到乌尔别宁搬到城里住下以后，不断写信给伯爵。他在一些信上咒骂伯爵，在另一些信上又央求伯爵把妻子还给他，保证把以前所受的种种欺凌和侮辱一笔勾销。可怜的人对这些信抱着很大的指望，就像抓住一根干草似的。

副检察官审问过两三个车夫以后，吃了一顿丰盛的午饭，对我发下一整套指示，便坐上车走了。动身以前，他到乌尔别宁被拘留的那间厢房里去了一趟，向乌尔别宁声明说，我们对他有罪的怀疑现在已经变成确信了。乌尔别宁摆了摆手。他要求准许他参加妻子的葬礼，他的这个要求得到了批准。

波鲁格拉多夫没对乌尔别宁说谎。是的，我们的怀疑已经变成了确信，我们深信我们已经知道犯人是谁，他已经落在我们的手心里，可是这种确信在我们的头脑里却没保持很久！……

有一天早晨，天气晴和，我正把一个公文包封好口，准备把这个包连同乌尔别宁一起送进城去，把他下狱，不料听见外面有大吵大闹的声音。我往窗外一看，瞧见一幅引人注目的画面：有十来个强壮的大汉把独眼的库兹玛从仆人的厨房里拖出来。

库兹玛脸色苍白，蓬头散发，把脚抵住地面不肯往前走。他已经没有可能抡起胳膊抵挡，只好用大脑袋顶他的敌人了。

“老爷，请您到那边去！”心神不安的伊里亚对我说，“他不肯来！”

“谁不肯来？”

“凶手。”

“什么凶手？”

“库兹玛。……他杀了人，老爷。……彼得·叶果雷奇是冤枉的，……真的。……”

我走到院子里，往仆人的厨房走去。这时候库兹玛已经从那些强有力的手里挣脱出来，抡起胳膊左右开弓地打人耳光。……

“怎么回事？”我往人群那边走过去，问道。……

他们对我讲起一件奇怪而且出人意料的事。

“老爷，库兹玛杀人了！”

“胡说！”库兹玛咆哮道，“这是胡说，要是我扯谎，就让上帝打死我！”

“要是你良心清白，你这个鬼崽子为什么洗掉那些血？你等着就是，老爷会把事情弄清楚的！”

原来伯爵家的小管事特利丰骑马过河，发现库兹玛在使劲洗一件什么东西。特利丰起初以为他在洗内衣，可是仔细一看，却瞧见一件长外衣和一件坎肩。他觉得奇怪：呢料衣服平常是不下水洗的。

“你在干什么？”特利丰叫道。

库兹玛慌了手脚。特利丰更仔细地看一下，发现长外衣上有棕色斑点。……

“我马上就猜到那是血！……我回到厨房里，对我们的人讲了。大家就悄悄地盯住他，看见他晚上把长外衣晾在花园里。这当然把大家都吓坏了。要是他没犯杀人罪，又何必把它洗掉？既然他要遮盖，可见他心里有鬼，……我们想过来，想过去，就决定把他拉到您老人家那儿去。……大家拉他走，他却往后退，朝大家啐唾沫。要是他没罪，为什么往后退？”

在以后的审问中，发现在凶杀案发生以前，在伯爵同客人们在林边空地上坐着喝茶的时候，库兹玛独自往树林里走去。抬走奥尔迦的时候，他没参加，因此他的衣服不可能染上血迹。

库兹玛被押到我的房间里，起初他激动得一句话也说不出来。他转动他那只独眼的眼珠，在胸前画十字，唠唠叨叨地指着上帝发誓。……

"你定下心来，对我讲明白，我就放了你。"我对他说。

库兹玛在我面前跪下，结结巴巴，开始赌咒。……

"要是我杀了人，就叫我完蛋。……叫我的爹妈都不得好死。……老爷！我说了假话，就叫上帝打死我。……"

"你去过树林里吗？"

"这是实在的，老爷，我去过。……我给老爷们送白兰地的时候，求您原谅我，我顺便也喝了几口。后来我头晕了，想躺一会儿，就走掉，躺下，睡着了。……至于谁杀了人，怎么杀的，我全不知道。……我跟您说的是真话！"

"那你为什么洗掉血迹呢？"

"我怕人家会瞎想，……怕人家拉我做证人。……"

"那你外衣上的血是从哪儿来的呢？"

"不知道，老爷。"

"你怎么能不知道？那件外衣不是你的吗？"

"话是不错，外衣是我的。可是我不知道：我一醒过来就看见有血。"

"照这样说来，你的外衣是在你睡梦中染上血的？"

"就是，老爷。……"

"得了，你走吧，伙计，你去好好想想吧。……你胡扯起来了。好好想一想，明天你再对我说。……你走吧。"

第二天我一醒来，有人报告我说库兹玛想找我谈话。我吩咐把他带进来。

“你想好了吗？”我问他说。

“是，老爷，想好了。……”

“那你外衣上的血是从哪儿来的？”

“我，老爷，回想起来像是做梦。我模模糊糊想起一件事情，不过是真是假，可就闹不清了。”

“那你想起了什么呢？”

库兹玛抬起眼睛，想一想，说：

“怪得很，……倒像是在做梦，或者在雾里似的。……当时我喝醉了，躺在草地上打盹儿；我不知是半睡半醒，还是完全睡着了。……只是我听见有人走过我身旁，脚步声很重。……我就睁开眼睛，仿佛神志不清，或者在做梦似的，瞧见一位老爷走到我跟前来，弯下腰，在我衣襟上擦手。……他先在衣襟上擦，后来又在我坎肩上抹了一下，……就是这么回事。”

“那个老爷是谁？”

“不知道。我只记得他不是庄稼汉，是老爷，……穿着上等人的衣服。至于这位老爷是谁，他的面相怎么样，就完全不记得了。”

“那他的衣服是什么颜色？”

“谁知道呢？也许是白的，可也许是黑的。……我只记得他是位老爷，别的就都记不得了。……嗯，是啊，我想起来了！他弯下腰擦手，说了一句：‘喝醉酒的下流胚！’”

“这是你梦见的吧？”

“我不知道，……说不定就是梦见的。……不过那血又是从哪儿来的呢？”

“你见到的那个老爷像彼得·叶果雷奇吗？”

“我觉得不像，……不过呢，也许就是他。……只是他从来不骂人下流胚。”

“你回想一下。……你回去，坐下来细细想一下吧。……也许你会想起点什么来的。”

“是，老爷。”

这个几乎已经结束的风流案件横生枝节，半中腰出人意料地插进独眼的库兹玛来，就搞成了一团理不清的乱麻。我简直茫无头绪，不知道该怎么理解库兹玛才好。他断然否认他犯过杀人罪，再者从预审的结果也看不出他犯过这种罪：奥尔迦遇害不是凶手见财起意，至于蓄谋侮辱她的荣誉的罪行，依医师们看来，“大概没有发生”。也许可以认为，库兹玛之所以杀人而又没有上述目的，只是因为他当时已经大醉，丧失了思考能力，或者害怕了，然而这同凶杀案的情况却不相符合。

不过要是库兹玛没罪，那他为什么不能解释他的长外衣上何以有血迹，他何必胡诌什么梦境和幻觉呢？为什么他拉出个老爷来，说是看见过他，听到过他讲的话，却又完全记不得他，连他衣服的颜色也忘了？

波鲁格拉多夫又跑来了。

“这您就明白了，先生！”他说，“要是您当时立刻考察犯罪地点，那么请您相信，现在就一切都清清楚楚，了如指掌了！要是您当时立刻审问所有的仆人，那我们那时候就已经知道谁抬过奥尔迦·尼古拉耶芙娜，谁没抬过了。可是现在呢，我们甚至不能确定这个醉汉所躺的地方究竟离出事地点有多远！”

他审问库兹玛两个钟头光景，可是库兹玛没有对他说出什么新的东西。他说他半睡半醒中见到那个老爷，说老爷在他的衣襟上擦手，骂他一声“喝醉酒的下流胚”，可是那个老爷是谁，他的面相和衣服是什么样子，他就说不上来了。

“那么你喝了多少白兰地？”

“我喝掉半瓶。”

“可也许那不是白兰地吧？”

“不，那是真正的‘芬香潘’①。……”

“嘿，你连酒的名字都知道！”副检察官含笑说。……

“怎么会不知道呢！谢天谢地，我在主人家里当了三十年的差，也该学会了。……”

不知什么缘故，副检察官要库兹玛和乌尔别宁对质。……库兹玛久久地瞧着乌尔别宁，摇摇头，说：

“不，我不记得了，……也许就是彼得·叶果雷奇，可也许不是他。……谁知道呢！”

波鲁格拉多夫摆摆手，走掉了，吩咐我在这两个人当中找出真正的凶手来。

侦讯工作拖延下去。……乌尔别宁和库兹玛拘留起来，关押在我住宅所在的小村子的拘留所里。可怜的彼得·叶果雷奇灰心极了。他面容消瘦，头发花白，产生了宗教情绪。他有两次打发人到我这儿来，要求我给他看一下惩罚条例，他分明关心他即将受到的惩罚有多么重。

“我的孩子们怎么办呢？”他在一次审讯中问我，“如果我是孤身一个人，您的错误倒不会使我痛苦，可是我得活下去，……为我的孩子活下去啊！他们没有我就会完蛋，再者我也……不能跟他们拆开！您这是怎样对待我呀？！”

---

① 一种上等白兰地。

等到看守用“你”称呼他，等到他两次由人押着步行到城里去，然后又回来，认识他的人都看见他了，他就焦躁不安，陷于绝望。

“这些人不是法官！”他叫道，声音响得整个拘留所都能听见，“他们是些残酷无情的浅薄小子，既不怜恤人，也不怜恤真理！我知道我为什么关在这儿，我知道！他们把罪名硬栽在我头上，是要掩盖真正的凶犯！杀人的是伯爵，如果不是他，也是他的爪牙！”

他听到拘留库兹玛的消息，起初很高兴。

“爪牙总算找到了！”他对我说，“总算找到了！”

然而不久，他想到自己没被放出去，后来又听人说起库兹玛的供词，他就又满心愁苦了。

“现在我完了，”他说，“我是彻底完了。库兹玛那个独眼鬼，为了释放出狱，迟早会攀扯我，说我在他衣襟上擦手。可是大家都看见我的手没有擦过！”

我们的怀疑迟早得解决。

当年十一月底，那是雪花在我窗前飞舞，大湖看上去像一片无边无际的白色沙漠的时候，库兹玛忽然要见我：他托看守传话给我，说他“想出来了”。我吩咐把他带来。

“我很高兴，你终于想出来了，”我迎着他说，“应该丢开遮遮盖盖那一套，不要把我们当小孩子那样诓骗我们。你都想出什么来了？”

库兹玛没回答。他站在我房间中央，瞧着我，一句话也不说，眼睛也不眨一下。……他的眼睛里闪着恐惧的光，再者他那样子显得十分惊慌：面色苍白，索索地抖，脸上淌下冷汗。

“好，你说吧，你想出了什么？”我又问。

“再也想不出比这更奇怪的事了，……”他说，“昨天我想起那个老爷戴的是什么样的领带，昨天晚上我又细细地想，连那张脸都想起来了。”

“这个人是谁？”

库兹玛苦笑一下，擦掉额头上的汗。

“我不敢说，老爷，您还是让我别讲出来吧。这事太离奇，太惊人了，我想这必是我做梦，或者看错了。……”

“可是你觉得看见谁了？”

“不，您还是让我别讲出来吧。要是我讲出来，您就会狠狠地判我的罪。……您让我好好想一想，明天我再说。……我害怕。”

“呸！”我生气地说，“既是你不想说，为什么给我找麻烦？你到这儿来干什么？”

“我本来当是我会说出来的，可是现在我害怕。不，老爷，您放我走吧，……我还是明天说的好。……要是我说出来，您就会大发脾气，我大概就要流放到西伯利亚去，因为您会狠狠地判我的罪。……”

我生气了，吩咐把库兹玛押下去。[①]当天傍晚，为了不拖延时间，一下子结束已经惹得我厌烦的“凶杀案”，我就到拘留所去，骗乌尔别宁说，库兹玛已经指明他是凶手了。

“我早就料到会有这一招。……”乌尔别宁说，摇一下手，“反正我无所谓。……”

单独监禁，对乌尔别宁熊一般的身体产生了强烈的影响：他脸色发黄，体重几乎减轻一半。我答应吩咐看守，白天，甚至晚上，

① 这个侦讯官可真是好得很！他非但不继续审问，追逼有益的口供，反而生气，而生这种气是不在文官的职责范围以内的。再者，我也不大相信这些话。……即使卡梅谢夫先生不顾他的职责，可是单是人类的好奇心也必然会促使他继续审问下去。——契诃夫注

放他出来在过道上散一散步。

“用不着担心您会逃走。”我说。

乌尔别宁向我道谢。等我走后，他果然在过道上散步：他的门从此不再上锁了。

离开他以后，我敲了敲库兹玛关押在里面的那间屋子的门。

“喂，怎么样，你想出来了没有？”我问。

“没有，老爷，……”一个微弱的声音说，“让检察官老爷来吧，我会对他讲出来。我不想对您说。”

“随你的便。……”

第二天早晨，一切都解决了。

看守叶果尔跑到我房间里来，告诉我说他发现独眼的库兹玛死在自己的床上了。我就动身到拘留所去，查明这件事。……那个健康、魁梧的农民昨天还身体强壮，为释放出狱而臆造各式各样的神话，如今却一动也不动，周身冰凉，像一块石头了。……我不想描写我和看守的恐惧，这是读者可以想见的。对我来说，库兹玛作为被告或者证人，是宝贵的。对看守来说，他是犯人，而犯人一旦死亡或者越狱，看守就要受到很重的惩罚。……随后进行验尸，查明库兹玛死于非命，我们的恐惧就越发强烈了。……库兹玛是被人掐住喉咙，窒息而死的。……我相信他是窒息而死后，就着手寻找凶犯，而且没有找很久。……他就在近处。……

我动身往乌尔别宁的牢房走去。我没有力量克制自己，忘却我是侦讯官，用最生硬、尖刻的口吻指明他是凶手。

“您这个坏蛋，把您那不幸的妻子杀死了还嫌不够，”我说，“您又把揭发您的人置于死地！而且您干了这种事以后，还要继续演您那种肮脏而卑劣的喜剧！”

乌尔别宁脸色白得可怕，身子摇晃了一下。……

“您胡说！”他举起拳头捶自己的胸口，叫道。

“我没胡说！您对我们提出的罪证总是流下鳄鱼的眼泪，把它们当作儿戏。……有些时候我都想相信您而不相信那些罪证了。……啊，您称得起是个出色的演员！……可是现在我不相信您了，哪怕您眼睛里流出来的不是演员的假眼泪而是鲜血，我也不信！您说吧，是您把库兹玛弄死的吧？”

“您要就是喝醉了，要就是嘲弄我！谢尔盖·彼得罗维奇，不管什么样的忍耐和温顺都是有限度的！我受不了啦！”

乌尔别宁目光炯炯，用拳头捶桌子。

“昨天我一不小心，给了您自由，”我继续说，“素来不允许别的犯人做的事，我却允许您了，让您在过道上散步。现在呢，仿佛表示感激似的，您竟然在夜里跑到那个不幸的库兹玛的屋里，把睡熟的人掐死了！您要知道，您坑害的不只是库兹玛一个人：看守也会为您遭殃的。”

“我的上帝，我到底干了什么事啊？”乌尔别宁抱住头说。

“您要知道证据吗？行！……您的门，按我的吩咐，打开了，……笨看守开了牢门，却忘记把锁藏起来，……所有的牢房用的是同一种锁，……晚上您就拿您那把锁上的钥匙，走到过道上来，……用它开了您邻居的牢门，……您把他掐死以后，又锁上牢门，把钥匙放回您的锁里。”

“可是我凭什么要把他掐死？凭什么？”

“就因为他供出您了。……要是我昨天没告诉您这个消息，他至今还会活着。……这样做是造孽，太可耻了，彼得·叶果雷奇！”

“谢尔盖·彼得罗维奇，年轻人！”凶手忽然抓住我的手，用温和轻柔的声调说，“您是个诚实正派的人，……不要让不确切的怀疑毁了您，玷污您！您简直没法了解，您把新罪名栽在我那无辜的灵魂上，是多么残忍、凶狠地侮辱了我。……我是个受难者，谢尔盖·彼得罗维奇！您不应该欺侮受难者！早晚总有一天您会向我道歉的，这个时候很快就会到来。……确实谁也不能定我的罪！不过这个理由不会使您满足。……您与其这么厉害地糟蹋我，侮辱我，还不如用合乎人情的态度对待我，我没有说用友好的态度，因为您已经丢开我们之间良好的关系了。您最好问一问我。……我做证人，做您的助手，比做被告更对审判有益。现在就拿这个新罪状来说，……我就能告诉您许多事。昨天晚上我没睡熟，都听见了。……”

“您听见些什么？”

“昨天晚上两点钟左右，……四下里很黑，……我听见有个人在过道里轻轻地走动，不住地碰我的房门，……他走啊走的，后来就打开我的门，走进来了。”

“谁？”

“不知道。夜色很黑，我看不清。……他在我的牢房里站了一分钟，又走出去，……就跟您刚才说过的那样，取走我门上的钥匙，开了隔壁的牢门。大约过了两分钟，我听见嘶哑的嗓音，后来又听见忙乱的响声。我以为是看守在走动，忙忙碌碌，至于那嘶哑声，我错当是鼾声了，要不然我就大声喊叫了。”

“无稽之谈！”我说，“这儿除您以外，谁也不会弄死库兹玛。值班的看守都睡着了。其中有一个看守的妻子通宵没睡，她供道，所有那三个看守整整一夜都睡得跟死人一样，一分钟也没离开过床铺。那些可怜的人不知道这个小小的拘留所里藏着这样的野兽。他们在这儿已经工作二十多年，在整个这段时期里没遇到过一次犯人逃跑的事件，更不要说像凶杀这样可恶的事了。现在呢，多谢您，他们的生活兜底翻了个身，而且我也要遭殃，因为我没有把您送去下狱，却让您在这儿的过道上有散步的自由。多谢您了！”

这是我跟乌尔别宁的最后一次谈话。如果不算上他后来在被告席上向我这个证人提出的两三个问题，那么可以说，我此后再也没有跟他说过话了。……

我这个长篇小说本来以“犯罪小说”为标题，现在“奥尔迦·乌尔别宁娜凶杀案”变得更加复杂，因为发生了难于理解而且在许多方面都显得神秘的新凶杀案，那么读者就有权利期望长篇小说就要进入最有趣和最活跃的阶段。如何破获凶犯，如何查明犯罪动机，这些都为聪明和机智提供了广阔的施展天地。在这儿，恶毒的意志和狡猾对知识作战，这场战争在一切方面都是有趣的。……

我在作战，读者有权利期待我叙述取得胜利的各种方法，他们多半在等我描写侦讯方面的灵巧手法，而这在加博里奥和我们的希克里亚列甫斯基的长篇小说里都是大放异彩的。我准备不辜负读者的期望，可是……有一个主要人物没等战斗结束就退出了战场，没有成为胜利的参与者，却走进旁观者的人群里去，他以前所做的一切都白费劲了。这个人物就是鄙人。我同乌尔别宁进行过上述谈话以后，第二天就接到要我辞职的请求，或者更确切地说，命令。我们县里那些长舌妇的流言蜚语起了作用。……拘留所里的凶杀案，副检察官瞒着我而从仆人口里取得的供词，而且如果读者记得的话，在从前纵酒行乐的当儿我举起船桨朝一个农民头部打了一下那件事，这种种都大大促成我的解职。那个农民告到法院去了。这就发生了大变动。不出两天，我只好把这个凶杀案移交给一个专办特别重大案件的侦讯官去办理了。

由于人们议论纷纷，报纸记者推波助澜，整个检察机关都动起来了。检察官每隔一天就到伯爵庄园上去一次，参加审讯。我们的医师们的报告转送到医务署和其他机关。甚至盛传要挖出死尸，重新检验，其实，这样做是不会有什么结果的。

乌尔别宁两次被押解到省城去检查精神状况，两次都证明是正常的。我开始以证人的身份出庭。[①]新上任的侦讯官极其热心，就连我的波里卡尔普也给传去作证了。

我辞职一年后，住在莫斯科的时候，接到传票，叫我在审理乌尔别宁一案的那天出庭。我暗暗高兴我有机会重游我已经住惯而不胜眷恋的旧地，就去了。当时伯爵住在彼得堡，没有来，只送来一份医疗证明书。

这个案子在我们县城里由地方法院审理。波鲁格拉多夫，那个每天用红色牙粉刷四次牙的人，提出公诉。一个姓斯米尔尼亚耶夫的人做辩护人，这是个高而且瘦的金发男子，带着感伤的面容，头发长而平滑。陪审员们完全由小市民和农民组成，其中只有四个人识得字，其余那些人，在法庭交给他们看一封由乌尔别宁写给妻子的信的时候，却都冒出汗来，心慌意乱。首席陪审员由商店老板伊凡·杰米扬内奇担任，我那只死去的鹦鹉就是因他得名的。

我走进法庭，认不得乌尔别宁了：他已经须发皆白，浑身上下显得老了二十岁光景。我预料会在他脸上看到他对自己命运漠不关心的冷淡神情。然而我错了，乌尔别宁对这次审讯关心极了：他要求三个陪审员回避，他提出冗长的解释，他质问证人。他彻底否认

---

① 当然，对卡梅谢夫先生来说，这个角色比侦讯官的角色更合适：他不能在乌尔别宁一案中做侦讯官。——契诃夫注

他的罪行，凡是供词不利于他的证人，他一概追问很久。

在审讯中，证人普谢霍茨基供述：我跟去世的奥尔迦有暧昧关系。

“这是胡说！”乌尔别宁叫道，“他是个信口雌黄的人！我不相信我的妻子，可是我相信他！”

轮到我提出供词的时候，辩护人问我跟奥尔迦有什么关系，并且把那一回对我鼓过掌的普谢霍茨基的供词告诉我。我如果说出实话来，就无异于提出有利于被告的供词：妻子越是放荡，陪审员们对奥赛罗[①]式的丈夫就越是宽容，这一点我是了解的。……另一方面，我的实话也会侮辱乌尔别宁，……他听了会痛苦得受不了。……我认为还是说谎的好。

“绝无此事！”我说。

副检察官在发言中把奥尔迦凶杀案渲染得有声有色，特别强调凶手的残暴和狠毒。……一个年老虚弱的好色之徒见到一个美丽年轻的姑娘。他知道她在疯癫的父亲家里处境极其悲惨，就用一小块面包、一个住处，一些花花绿绿的衣服引诱她。……她同意了：有家业的老丈夫毕竟比疯癫的父亲和贫穷的生活容易忍受些。可是她年轻，而青春，诸位陪审员先生，却有它不可剥夺的权利。……姑娘受到长篇小说的熏陶，在大自然中长大，迟早必然要恋爱……诸如此类，滔滔不绝。那篇发言是这样结束的：“他给予她的，除了他的衰老和花花绿绿的衣服之外，一无所有。他眼见他的猎物溜走，就兽性大发，犹如一头被烧红的铁烫痛鼻子的野兽。他野兽般地爱她，也就必然野兽般地恨她”，等等。

---

① 英国剧作家莎士比亚的同名剧本中的男主人公，他因嫉妒而杀死他的妻子。

波鲁格拉多夫在控诉乌尔别宁谋杀库兹玛的时候，指出他杀人的阴险方法是经过精心策划和反复考虑的，说他用那种方法弄死了“一个沉睡的人，因为这个人前一天冒失地提出不利于他的供词。至于库兹玛打算对侦讯官说出的凶手正是他，对于这一点，我想诸位是不会怀疑的”。

辩护人斯米尔尼亚耶夫并不否认乌尔别宁犯杀人罪，他只要求大家承认乌尔别宁是一时性起而下手的，要求对他从宽发落。他叙述嫉妒心往往使人非常痛苦，为此引用莎士比亚的奥赛罗做例子。他全面考察这个“全人类的典型”，援引各式各样的批评家的论点，讲得那么深奥难懂，弄得审判长不得不打断他的发言说：“用不着对陪审员们大谈外国文学的知识。”

乌尔别宁利用他最后一次发言机会，指着上帝起誓，说他无论在行动上还是思想上，都没犯过杀人罪。

“对我个人来说，不论要我待在什么地方都无所谓：要我住在这个县里，使我时时想起我不应得的耻辱和我的妻子也行，要我去服苦役刑也行。然而我的孩子的命运却使我放心不下。”

乌尔别宁转过脸去对着旁听席，哭起来，要求大家收养他的孩子。

“你们把那些孩子领去吧。当然，伯爵是不会放过机会来炫耀他的慷慨的，不过我已经警告过孩子们，连他的一块面包皮也不准他们拿。”

他发现我夹在人丛当中，就用恳求的眼睛瞧着我，说：

“请您务必叫我的孩子们不要接受伯爵的恩赐。”

看来，他忘记了近在眼前的判决，一心考虑孩子们了。他不住地谈他的孩子们，直到审判长拦住他的话为止。

陪审员们共同商议了不久。他们坚决认为乌尔别宁犯了杀人罪，而且在任何一点上都没有对他从宽发落。

他被判决褫夺公权，流放并服苦役刑十五年。

五月里一天早晨同富有诗意的“红姑娘”的相遇，竟然使他付出如此昂贵的代价。……

* * *

自从上述事件发生后，已经过去八年多了。惨剧的某些参与者已经死亡，销声匿迹；另一些人为自己的罪恶受着惩罚；还有一些人却在混日子，在日常的烦闷无聊中挣扎，天天在等待死亡。

这八年当中起了许多变化。……卡尔涅耶夫伯爵仍然对我保持极为诚挚的友谊，不过他已经成为不可救药的酒徒了。他的庄园，发生惨剧的地点，已经从他手里转到他妻子和普谢霍茨基的手里。他现在穷了，靠我养活。有时候，天近黄昏，他躺在我旅馆房间的长沙发上，喜欢回忆过去。

“现在要是能听一听那些茨冈唱歌多好！”他喃喃地说，“叫人去拿白兰地来，谢辽查！”

我也变了。我的精力逐渐衰退，我感到自己的身体正在失去健康和青春。我以前常常夸耀我能一连几夜不睡觉，喝下我现在未必喝得下的大量白酒，可是那样的体力，那样的本领，那样的持久力，现在已经统统不存在了。

一条条皱纹接连在我的脸上出现，我的头发渐渐稀疏，我的嗓音粗了，弱了。……生活算是完了。……

我回想往事，就跟昨天发生的一样。我像在雾里似的看见许多地方和许多人的容貌。我没有力量公平地看待他们，我仍然跟先前那样爱他们和恨他们，我没有一天不带着满腔愤慨或者憎恨抱住头。在我的心目中伯爵仍然可恶，奥尔迦仍然可憎，愚蠢、傲慢的卡里宁仍然可笑。我认为坏事就是坏事，罪过就是罪过。

可是也有不少时候，我凝神瞧着我案头放着的照片，不由得生出无法遏止的愿望，想跟那个“红姑娘”到树林里去散步，听高大的松树的喧闹声，不顾一切地把她搂在怀里。在那样的时候，我既原谅她的虚伪，也原谅她滚进泥潭的堕落。总之我准备原谅一切，只求过去的事，哪怕是其中一个小小的片断，能重演一次。……我已经厌倦城市的乏味生活，很想再听一次大湖的咆哮，再骑着我的左尔卡在湖边疾驰。……我情愿宽恕一切，忘却一切，只求能让我在通往捷涅沃的大道上再走一趟，遇见那个带着酒桶、头戴骑手的便帽的花匠弗兰茨。……有些时候我甚至乐于握一下那只染上红血的手，跟忠厚的彼得·叶果雷奇谈谈宗教、庄稼、国民教育。……我很想见一见眯眼，见一见他的娜坚卡。……

生活是疯狂的，放纵的，不宁静的，好比八月间夜晚的大湖。……许多受难者已经永远埋葬在生活的黑色巨浪之下了。……它的底部铺着一层厚厚的沉渣。……

可是为什么有的时候我又爱它呢？为什么我又原谅它，一心一意要飞奔到它那儿去，犹如一个眷恋的儿子，一只从笼子里飞出来的鸟呢？……

此刻，我从旅馆的窗子里望出去所看见的生活，使我联想到一个灰色的圆圈：通体灰色，没有深浅的差别，也没有一个明亮的光点。……然而我闭上眼睛，想起往事，却看见一道彩虹，放射出太阳的光谱。……是的，那儿有风暴，可是那儿明亮得多啊。……

谢·齐诺维耶夫

本文完

原稿下面写着：

“编辑先生阁下！奉上长篇小说一部（或者，如果您愿意的话，算作中篇小说亦可），敬希发表，尽可能不加压缩，不予增删。然而，征得作者同意后也可以有所改动。倘该稿不合用，请保存以便退还。我的临时地址是莫斯科特维尔大街英吉利旅馆。伊凡·彼得罗维奇·卡梅谢夫。附言：稿费请编辑部酌定。

年 月 日。”

* * *

现在，我让读者了解卡梅谢夫的小说内容后，要继续叙述我同他那中断的谈话了。首先我必须预先声明，我在中篇小说开头对读者许下的诺言没有实现：卡梅谢夫的小说没有按我所应许的那样不加删节，in toto[①]发表，而是经过很大的压缩。问题在于《游猎惨剧》没能在这个中篇小说第一章里所提到的报纸上发表，因为临到原稿付排，报纸却停刊了。……当前的这个编辑部虽然应许给卡梅谢夫的小说拨出篇幅，却认为不加删削是不能发表的。在小说陆续发表期间，编辑部每次把各章校样送到我这儿来，总是请求“加以改动”。可是我不愿意让我的灵魂承担窜改外人作品的罪过，认为与其改动不妥当的地方，还不如索性删掉，这样比较好，也比较有益。编辑部同我协商后删掉了许多地方，因为那些地方写得特别轻狂，冗长乏味，或者文笔草率。这种删削需要谨慎和时间，这就是

① 拉丁语：全文。

许多章何以推迟刊登的缘故。经我们删掉的，除其他地方以外，有两段夜间纵酒行乐的描写。一次酒宴发生在伯爵家里，另一次在湖上。我们还删掉了对波里卡尔普的藏书以及他读书的奇特方式的描写，认为这些文字过于拖沓和夸张。

有一章我最主张保留，可是编辑部却最不喜欢，其中描写的是伯爵的仆人们狂热地聚赌的场面。牌瘾最大的赌徒是花匠弗兰茨和老太婆猫头鹰。他们最常玩的是斯土科尔卡和三片叶子[①]。卡梅谢夫在侦讯期间有一次路过一个凉亭，往里面一看，瞧见里面在疯狂地赌博，聚赌的是猫头鹰、弗兰茨和……普谢霍茨基。他们玩的是不亮牌的斯土科尔卡，赌注是九十戈比，输家却要赔三十卢布。卡梅谢夫也加入赌局，把他们"打得落花流水"，犹如打山鹑一样。弗兰茨手里的钱统统输光了，却想继续赌博，就动身到湖里的小岛上去，他的钱就藏在那里。卡梅谢夫暗地里跟踪他，偷窥到藏钱的地方，事后把花匠的钱一股脑儿偷光，一个戈比也没给他留下。他把偷来的钱全送给渔夫米海了。这种奇怪的善行出色地表现了狂妄的侦讯官的性格，然而写得很草率，赌徒们的谈话中夹杂着许多下流得出奇的话，弄得编辑部连改动都不肯同意了。

有几处关于奥尔迦和卡梅谢夫幽会的描写删掉了。有一处描写卡梅谢夫向娜坚卡·卡里宁娜进行解释，还有其他，等等，也已删掉。不过我认为，发表出来的东西也已经足够表现我的男主人公的性格了。Sapienti sat。[②]……

整整三个月后，编辑部的看门人安德烈报告我说，"戴帽徽的先

---

① 都是狂热的纸牌赌博。

② 拉丁语：这对聪明人来说已经够了。

生”来了。

“请！”我说。

卡梅谢夫走进房来，仍旧脸颊发红，健康英俊，像三个月前一样。他的脚步依然不出声。……他小心翼翼地把帽子放在窗台上，人们也许会以为他在放一件什么贵重东西。……他的浅蓝色眼睛像以前那样闪着稚气的、无限和善的神情。……

“我又打搅您了！”他开口说，微微地笑，小心地坐下来，“看在上帝面上，请您原谅我！哦，怎么样？我的稿子得到什么样的判决了？”

“它有罪，不过应该从宽发落。”我说。

卡梅谢夫笑起来，拿出洒过香水的手绢擤鼻子。

“这样说来，它该流放到壁炉的火焰里去？”他问。

“不，何必那么严厉呢？它不应该受到惩办的措施，我们使用了改造的方式。”

“需要改吗？”

“是的，有些地方……经过双方同意，……”

我们沉默了不到半分钟。我的心跳得厉害，鬓角上的血管也在跳，然而我却不想露出心情激动的样子。

“经过双方同意，”我又说一遍，“上一次您对我说过，您是采用真事做您中篇小说的题材的。”

“是的，就连现在我也准备重复这句话。要是您读过我的小说，那么……我荣幸地介绍一下：齐诺维耶夫就是我。”

“这样说来，您做过奥尔迦·尼古拉耶芙娜的傧相？……”

“不但做过她的傧相，还是她家里的熟人呢。在那篇稿子里我很可爱，不是吗？”卡梅谢夫笑着说，摩挲膝头，脸红了，“我是好样的吧？应该把我打一顿才是，可又没有人来打。”

“哦。……我对您的中篇小说倒是满意的：它比很多犯罪小说写得好而有趣。……只是我和您，经过双方同意后，必须对这篇小说做一些非常重大的改动。……”

“这可以。比方说，您认为应该改动些什么呢？”

“改动这篇小说的habitus[①]，它的外貌。这篇小说跟一般犯罪小说一样，里面应有尽有：罪行、罪证、侦讯，甚至临了还添上十五年的苦役。然而单单缺少最重要的东西。”

“到底是什么呢？”

“小说里没有真正的凶犯。……”

卡梅谢夫瞪大眼睛，站起来。

“老实说，我不明白您的意思，”他略为沉吟一下说，“要是您不认为那个杀了人和掐死人的人是真正的凶犯，那……我就不知道应该认为谁是凶犯了。当然，罪犯是社会的产物，社会要负责，可是……如果往深一层想，就只好丢开写小说，动手写学术报告了。”

“哎，这哪里谈得上什么往深一层想！要知道，杀人的不是乌尔别宁！”

“怎么见得呢？”卡梅谢夫问，往我这边走过来。

“不是乌尔别宁！”

“也许吧。Humanum est errare[②]，侦讯官也不是完人。在人世间，审判方面的错误是常有的。您认为我们搞错了吗？”

“不，您不是搞错，而是有意搞错。”

---

① 拉丁语：外貌。

② 拉丁语：犯错误是人之常情。

“对不起，我又不明白您的意思了，”卡梅谢夫笑了笑说，“如果您认为侦讯工作造成了错误，甚至，要是我理解得不错的话，故意造成错误，那么我倒想知道一下您的见解。照您的看法，杀人的是谁呢？”

“您！！”

卡梅谢夫带着惊讶而且几乎恐慌的神情瞧着我，涨红脸，倒退一步。然后他转过身子，往窗口那边走去，笑起来。

“这可真奇怪！”他喃喃地说，往窗子上呵气，烦躁地在窗玻璃上画花字。

我瞧着他画花字的手，觉得我好像认出这只肌肉发达的铁手就是那只能够一下子掐死睡熟的库兹玛和杀死奥尔迦脆弱的肉体的手。我想到面前站着的是个凶手，心里不由得充满不习惯的恐惧和害怕的感觉，……这倒不是为我自己害怕，不是的！而是为他，为这个英俊优雅的魁梧的男子害怕，……总之是为人害怕。……

“您杀了人！”我又说一遍。

“如果您不是开玩笑，我倒要庆贺您的新发现呢，”卡梅谢夫说，笑起来，仍然没瞧着我，“不过，根据您颤抖的嗓音和苍白的脸色来判断，很难认为您是开玩笑。您多么神经质啊！”

卡梅谢夫把涨红的脸转过来对着我，勉强微笑着，继续说：

“我倒想知道您头脑里怎么会生出这种想法的！莫非我在小说里有过这一类的描写？这倒有趣了，真的。……请您讲一讲吧！这种被人看作凶手的滋味，一生当中倒也值得尝一次呢。”

“您就是凶手，”我说，“您甚至没法遮盖。您的小说已经露出破绽来了。至于您现在这一套表演，也不算高明。”

“这倒有趣得很。老实说，我倒很想听一听呢。”

“如果您有这种兴趣，那就请听。”

我跳起来，激动地在房间里走来走去。卡梅谢夫朝门外看了一眼，把门关得严实一点。这种小心使他露出了马脚。

“您怕什么？”我问。

卡梅谢夫困惑地咳嗽几声，摇了摇手。

“我什么也不怕，这是出于无心，……随意看一眼门外就是了。这您也要管？好，您讲吧。”

“您容许我讯问您吗？”

“请便。”

“我预先申明，我不是侦讯官，不善于审案。您不要希望我问得有条理，有系统，所以请您不要把话岔开，把问题搅乱。首先，请您告诉我，大家打猎以后留在林边空地上喝酒吃东西，您却离开了，那您到哪儿去了？”

“小说里写得有：我回家去了。”

“小说里关于您在路上的描写，都仔细涂掉了。您穿过那个树林吗？”

“是的。”

“那么，您可能在那儿遇见奥尔迦吧？”

“是的，可能。”卡梅谢夫笑道。

“那么您遇见她了。”

“不，没遇见。”

“您在侦讯当中忘了问一个很重要的证人，也就是您自己。……您听见那个受难者的喊叫声吗？”

“没有。……哎，老兄，您根本不善于问案啊。……”

这声亲昵的“老兄”弄得我很不好受：这种称呼同我们开始谈

话的时候他那种道歉和困窘的口气很不相称。不久我就发现卡梅谢夫带着鄙视的神情居高临下地瞧着我，看到我被一大堆激动我的问题困住，几乎欣赏我的窘状了。……

“姑且承认您在树林里没有遇见奥尔迦吧，”我接着说，“不过，乌尔别宁比您更难于遇见奥尔迦，因为乌尔别宁不知道她在树林里，因而不会找她。可是您，喝醉了酒，而且气得发疯，不可能不找她。您一定在找她，要不然您回家何必穿过树林而不走大道呢。……不过，姑且承认您没见到她吧。……可是在那不吉利日子的傍晚您的心情那么阴郁，几乎发疯，这又该怎样解释？您为什么弄死那只喊叫丈夫杀死了老婆的鹦鹉？我觉得它使您联想到您的残暴行径了。……当天晚上您给叫到伯爵家里去，可是您没立刻动手办案，却为等候警察而推迟几乎整整一天，这您自己大概没留意到吧。……只有心里知道犯人是谁的侦讯官才会这么拖延。……您就知道是谁。……其次，奥尔迦没说出凶手的姓名，那是因为她爱凶手。……如果凶手是她的丈夫，她就会说出他的名字来了。既然她能在她的姘夫伯爵面前说丈夫的坏话，那么她就会毫不在乎地控告他持刀杀人：她本来不爱他，他在她心目中并不可贵。……她爱您，您在她心目中才是可贵的，……她要顾全您。……请您容许我再问您一句：在她暂时清醒过来的时候，为什么您迟迟不向她提出直截了当的问题？为什么您提出一些完全与本案无关的问题？请您容许我认为您这样做是为了拖延时间，不让她说出您的姓名来。后来奥尔迦死了。……您在小说里半个字也没提到她的死在您心里留下的印象。……在这儿我看出您小心翼翼：您没忘记描写您喝的那几杯酒，可是像‘红姑娘’死亡这样重大的事件却在您的小说里一笔带过，没留下什么痕迹。……这是为什么？”

“您接着说吧，接着说吧。……”

“您的侦讯工作做得很糟糕。……很难认为像您这样聪明而又极其狡猾的人不是故意这么做。您的侦讯工作类似一封故意写得文理不通的信，这种矫揉造作使您露出了马脚。……为什么您不去检查犯罪地点？这并不是因为您忘记做了，或者认为这件事不重要，而是因为您要等着雨水把您的罪迹冲洗干净，您没多写到审问仆人。因此，库兹玛一直没受到您的审讯，直到别人碰见他洗衣服为止。……您分明认为不必把他牵连到这个案子里来。为什么您没审问跟您一起在林边空地上喝酒的客人们？他们见过血迹斑斑的乌尔别宁，听到过奥尔迦的喊叫声，那就应当审问他们。可是您没有这样做，因为在审问中说不定会有个客人想起来，您在发生凶杀案前不久走进树林，就此没回来。后来，大概，他们受到审问了，可是这件事他们却忘记了。……”

“妙得很！”卡梅谢夫喃喃地说，搓着手，“您接着说，接着说吧！”

“难道我说了这么多，您还觉得不够？为了彻底证实奥尔迦就是您杀死的，应当再向您提醒一件事：您原是她的情夫，后来她却丢开您，换了一个您看不起的人！……丈夫能够出于嫉妒而杀人，我认为情夫也会这样做。……现在我们转到库兹玛身上吧。……根据他去世前一天所受到的最后审问来判断，他所指的就是您，在他的外衣上擦手而且骂他下流胚的就是您。……如果不是您，那么正审到最有趣的地方，为什么您就突然中断，不问下去了？库兹玛向您说出，他想起了凶手领带的颜色，那您为什么不问一声到底是什么颜色？为什么恰恰在库兹玛想起凶手姓名的时候，您给了乌尔别宁自由？为什么不前不后，恰恰在这时候？显然您需要把罪名栽到另一个人身上去，需要有人晚上在过道上散步。……这样，您因为生怕库兹玛说出您来，就把他害死了。”

“哦，够了！”卡梅谢夫笑着说，“够了！您讲得那么起劲，脸色又那么苍白，眼看就要晕倒了。您不用再往下说了。确实，您说得对：我是杀了人。”

紧跟着是沉默。我从这个墙角走到那个墙角。卡梅谢夫也这样做。

“我是杀了人，”卡梅谢夫接着说，“您揭破了秘密，这也是您走运。这只有很少人能做到：您的读者大半都会骂乌尔别宁老人，赞叹我的侦讯才干呢。”

一个撰稿人走进我的办公室里来，打断了我们的谈话。这个撰稿人发觉我有事而且神态激动，就在我桌旁转悠一阵，好奇地看看卡梅谢夫，就走出去了。他走后，卡梅谢夫走到窗前，开始对着窗玻璃呵气。

“从那时候起，已经过去八年了，”他沉默片刻，开口说，“这个秘密在我心里藏了八年。然而秘密和热血却不能在人的身体里并存。一个人知道别人不知道的事，就不能不受到惩罚。这八年来我一直感到自己是个苦难深重的人。倒不是我的良心在折磨我，不是的！良心倒没什么，……再者我也不去理会它，只要考虑到良心是一种不确定的东西，它就平安无事，不出声了。遇到理智不起作用，我就用酒精和女人压倒良心的呼声。Àpropos[①]，我在女人方面仍然很得手。使我痛苦的是另一件事：我一直感到奇怪的是人们看着我就跟看着普通人一样，这八年当中没有一个活人用猜疑的眼光看过我，

① 法语：顺便提一下。

我感到奇怪的是我不必躲起来。我心里藏着可怕的秘密，可是却能在街上走来走去，到各处参加宴会，跟女人们眉来眼去！对犯罪的人来说，这样的地位不自然，痛苦。要是我不得不藏起来，遮遮盖盖，我倒不会痛苦了。变态心理啊，老兄！到后来，我生出一种寻衅闹事的心情来了。……我忽然打算出一出胸中的闷气，对着大家的脑袋啐唾沫，一口气把我的秘密全部揭露出来，……做这么件……特别的事。……我就写了这篇小说，这份起诉书，在这里面只有智商不高的人才难于看出我是个心怀鬼胎的人。……不论哪一页，都可以说是这个谜的谜底。……不是这样吗？您恐怕一下子就看穿了。……当初我写的时候，我所考虑的却是一般读者的水平。……"

我们又受到了外人的打搅。安德烈走进房来，用托盘端来两杯茶。……我赶紧把他打发走了。……

"现在我似乎轻松点了，"卡梅谢夫微笑着说，"现在您把我看作不同平常的人，看作心怀鬼胎的人，我这才感到我处的地位比较自然了。……不过……现在已经是三点钟，有人在外面那辆出租马车上等我。……"

"您等一等，放下帽子。……您已经对我讲过促使您写作的原因。现在再请您讲一讲您是怎样杀人的。"

"您想知道这一点是要补足您读过的那篇小说的缺文吧？遵命。……我是在激情的影响下动手杀人的。要知道，如今连吸烟和喝茶都受激情的影响。喏，您一激动，就错拿了我的茶杯而没拿您自己的茶杯，您吸烟也比平时多了。……整个生活就是由激情构成的，……我认为就是这样。……当初我走进树林里去，根本就没想到杀人。我到那儿去只抱着一个目的，就是找到奥尔迦，继续挖苦她。我一喝醉，总觉得非挖苦人不可。……我在离林边空地两百步远的地方遇见她。……她站在一棵树下，沉思地瞧着天空。……我叫她一声。……她看见我，微微一笑，向我伸过手来。……”

“‘您别骂我了，我心里很苦！’她说。”

“那天傍晚她显得那么美丽，我这个已经喝醉酒的人忘掉了世上的一切，把她紧紧地搂在怀里。……她对我赌咒，说她除我以外从没爱过任何人。……这话不假！她爱我。……她正兴冲冲地赌咒，不料忽然心血来潮，说出一句可恶的话来：‘我多么不幸！要是我没嫁给乌尔别宁，那我现在就能嫁给伯爵了！’这句话无异于兜头盖脸浇我一桶水。……原先在我胸中沸腾的那种感情又涌了上来。……我满心感到憎恨和嫌恶。……我一把抓住这个小小的坏女人的肩膀，把她摔在地下，就像扔出一个小皮球似的。我的愤恨达到了顶峰。……于是，……我就把她干掉，……我想都没想就把她干掉了。……至于库兹玛那件事，您心中有数。……”

我瞧一眼卡梅谢夫。我在他脸上既没看出懊悔，也没看出遗憾。“想都没想就把她干掉了”这句话，说得那么轻巧，就跟说“想都没想就点上一支烟”一样。这一回轮到我生出憎恨和嫌恶的心情来了。……我扭转身去。

“那么乌尔别宁呢，他去做苦工了？”我轻声问。

“是的。……据说他在路上死了，不过这还不能确定。……问这个干吗？”

“问这个干吗？……人家在无辜受苦，您却问：‘问这个干吗？’”

“那我该怎么办呢？去自首？”

“我想是这样。”

“好，就算应该这样吧！……我倒不反对去替换乌尔别宁，然而不经过战斗，我可不屈服。……他们要想抓我，就只管来抓，反正我自己不会到他们那儿去。当初我在他们手心里的时候，为什么他们不抓我？在奥尔迦的葬礼上我哭得那么厉害，歇斯底里大发作，就连瞎子都能看出真相来。……这可不能怪我，他们自己……笨嘛。……”

“您惹得我厌恶。”我说。

“这是自然的。……我自己也厌恶自己。……”

紧跟着是沉默。……我翻开账簿，随口念出数字。……卡梅谢夫拿起帽子。

“您，我看得出来，跟我在一起觉得透不出气来。”他说，“顺便提一下，您想看一看卡尔涅耶夫伯爵吗？他就在那儿，坐在出租马车上！”

我走到窗前，看一眼窗外。……出租马车上坐着个矮小伛偻的人，背对着我，戴着旧帽子，衣领褪了色。很难看出他就是惨剧的参与者！

“我打听出来乌尔别宁的儿子就在莫斯科，住在安德烈耶夫旅馆里，”卡梅谢夫说，“我想这样安排一下：让伯爵去接受他的施舍。……至少也该有一个人受到惩罚！不过，哦，adieu[①]！”

卡梅谢夫点一下头，很快地走了出去。我挨着桌子坐下，头脑里产生种种沉痛的想法。

我觉得透不过气来。

---

① 法语：再见。